a journey through time. with anthony

ZUI
Zestful Unique Ideal

AN
ANTHONY
WORK
since . 2007 . may

最世文化
Shanghai ZUI co.,Ltd

with anthony a journey through time.

绿

陪安东尼度过漫长岁月Ⅳ

安东尼 著

AN
ANTHONY
WORK
since 2007 may

湖南文艺出版社
博集天卷 CS-BOOKY

这本书 送给 Harry
谢谢你 做我好朋友

厨房 _ 一个人做饭 _ 吃

《青》_ 那时 _ 想结婚

其实 _ 伦敦天气 _ 很好的

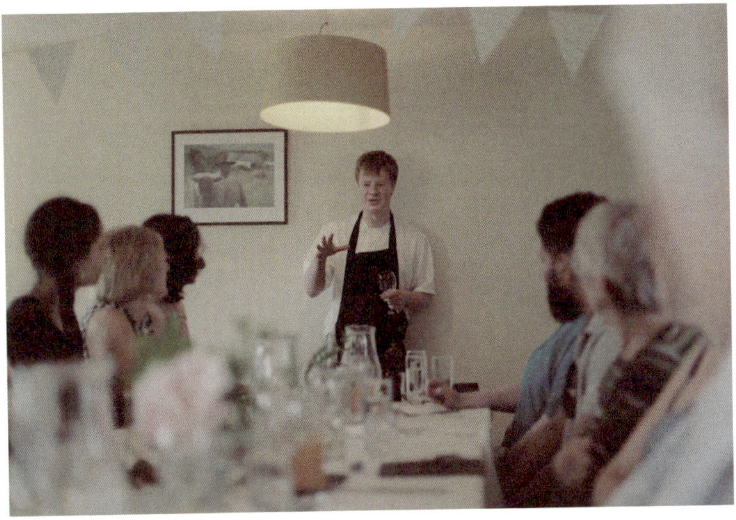

周末 _ 乡下 _ 烤肉午餐

各个城市 _ 游泳馆 _ 潜水

他 _ 喜欢 _ 她

热 _ 吱吱呀呀 _ 啤酒呢

想念 _ 我的 _ 朋友

花的 _ 集市 _ 走过

食谱 _ 最爱的餐厅 _ 诺丁山

LOVE & FRIENDSHIP 2115
TALE OF TALES 1745
COMING SOON
INDEPENDENCE DAY RESURGENCE

微醺 _ 老影院 _ 梦

这一年_心里都是_绿的

很舒适 _ 我的浴巾 _ 你的摄影

会穿 _ 会说 _ 应该还有些秘密

展览馆 _ 最喜欢看 _ 雕塑

中央公园 _ 开满鲜花的树 _ 一定有

〔序〕

给《绿》的序

文 / 小茧

会认识安东尼，是因为他跟当时借住在我家的闺密买相机。闺密是个热爱结交新朋友的姑娘，很热情地向我推荐了“一个很有意思的小男生，本来在澳大利亚学金融的，自己改了专业去学厨师，在 MSN space 写些很感性的文字，照片的风格也很有格调”。于是去看了安东尼的 space，边看边感叹，这男孩是有多爱美啊……那时候他还没有出书，是不是已经在写专栏也记不清了，印象中，那会儿的安东尼小朋友，就是个喜欢在 MSN space 上喃喃自语兼晒照片的厨师学徒。

当时看安东尼 space 上的文字，觉得挺细腻，却也谈不上喜欢，多少觉得有些矫情吧……其实就是自己被社会浸染许久的内心，难以相信会有人仅仅因为坦诚而这般展露感性。因此我特别理解，为什么钱小蕙女士当初坚持要去墨尔本，亲自确认安东尼是否真的人如其文。那种戒备是不由自主的，虽然这并不影响我和这个为人温和、正派、有主见的小朋友的友谊。

见面相处后，发现并非这位小朋友矫情，那就是真真切切的他，只不过他因为内心纯净而不惧坦然流露的时候，我很是惭愧地自省了一下。更多的，是欣喜，那种走在与童年渐行渐远的路上，忽然发现曾经相信并憧憬的美好依然存在的欣喜。

大概从那时候起，才真正把这位厨师小朋友认作可以交心的挚友，相互的了解也越来越深。

后来听说他的文字要结集成书了，挺为他高兴的。

2008 年 3 月，书出版上市了，雪白的封面上清清爽爽地印着 echo 画的兔子男孩和“陪安东尼度过漫长岁月”的字样。那时候，安东尼小朋友还差一个月就二十四岁。大概也只有在那样的年纪，才会在展望未来时觉得岁月漫长吧?

书刚上市那阵子，安东尼人在日本，还没有拿到样书。刚好我也要去日本，便答应了帮他带一本过去。把书接过去，这个高高瘦瘦的大男孩盘腿坐在榻榻米上，在日式房间里的暖调春晖中带着淡淡的笑，捧着书摸摸翻翻了一阵，然后合上书说了句“嗯，是我想象中的样子”。

后来听说《红——陪安东尼度过漫长岁月 I 》销得很好，再后来又听说最世文化准备把《陪安东尼度过漫长岁月》做成彩虹系列，接着，安东尼的第二本书——跟 echo 合作的绘本《这些都是你给我的爱》就出版了。

坦率地讲，看了《这些都是你给我的爱》，我开始有点担心这个小朋友，总觉得这本书透着仓促而就的浮躁和作者内心的迷茫。直到半年后看到《橙——陪安东尼度过漫长岁月 II 》，确认了绘本里那个飘在云雾中的安东尼小朋友，双脚其实还在地面上，这才放心了。后来见面时他问我对《橙——

陪安东尼度过漫长岁月Ⅱ》的观感，我说看完踏实了，顺嘴就把对绘本的感受也跟他说了。虽然说得挺口无遮拦，但多少也有点担心他听了会不高兴，毕竟谁也不会愉快地听别人批评自己花心思做出来的东西。所以当他一脸兴奋地拍着我的肩说“哎，就是要有你这样的人来跟我说这些话”的时候，我是蒙了一下的。然后就听他在那里念叨绘本出来后销得怎样好，周围的人怎样无一例外地夸赞，他自己心里却怎样不踏实云云……听着听着就乐了，觉得以后可以不用那么操心了，这人心里有数的。

两年后，他和 echo 的第二部绘本——《这些都是你给我的爱Ⅱ：云治》出版了。这一本的感觉比上一本好了很多。他照例来问观感，我说好看，他说开心。

忘了是在《橙——陪安东尼度过漫长岁月Ⅱ》还是《这些都是你给我的爱Ⅱ：云治》出版后不久，一次闲聊时他提到接下来要筹备出《黄——陪安东尼度过漫长岁月Ⅲ》了，言语间少见地流露出不安。

安东尼：担心“陪”系列越写越没意思了，我是不是应该去学一学写作，提高一下？

小茧：哎，你力气不要使错方向啊。“陪安东尼度过漫长岁月”系列又不是小说，是你生活的记录，好不好看、有没有意思，跟你的写作技巧没多大关系的，你专心把自己的日子过好，“陪安东尼度过漫长岁月”自然就有意思了。

安东尼：……对哦。谢谢。

然后他就以肉眼可见的势头，撒着欢地放飞生活了。

老实说呢，尽管那时候他已经出版了好几本书，还都挺畅销的，可在我心里，对安东尼小朋友的定位依然是“一个爱写东西的厨师”。虽然他离开官邸后，也七七八八地做过好几种工作，后来又在学室内设计，我却固执地坚持所有那些都只是他厨师身份的前缀而已。

不过他自己显然并没有这样的桎梏。

《黄——陪安东尼度过漫长岁月Ⅲ》出版那年，他跟朋友合伙创办的设计工作室在墨尔本开业了，业务范围相当多元；之后也陆续开始帮一些很优秀的品牌做推广文案；到很多地方去走走看看；书的内容被改编成电影上映，曝光率突然猛增；2016 年去学了插花、陶艺；竟然还跟内衣品牌合作推出了女士内衣设计；今天，2017 年 1 月 1 日，他的男士内衣品牌也创牌开售了……

当年拿《红——陪安东尼度过漫长岁月Ⅰ》给他的情形还历历在目，一转眼《绿——陪安东尼度过漫长岁月Ⅳ》都要出版了。“陪安东尼度过漫长岁月”系列问世至今也有十年了，如今的安东尼仍然热爱下厨，且多次宣称厨艺大有精进，而顽固如我者已无法再把他局限在“厨师”这个身份里。他想做的事，都带着股白羊座的冲劲勇敢地去尝试了，那些看起来有用的没用的，都滋养他成为现在的样子。他就是有本事让你欣然接受他的所有变与不变。

相识这些年，也数次感受过安东尼小朋友“长脑袋只是为了显个儿高”的白羊式不靠谱，但如果有一件旁人都认为过于理想化的任务，我一定会选他做搭档一同挑战，因为他已经用这十来年的人生，证明了他是我所认识的人中，最具“把理想化目标变成现实”素质的人。

唠叨了这许久，其实回想一下，我们从来都不曾在彼此的生活中占据过多主要的位置，但也都曾对彼此的人生产生过深刻的影响。我想，这大概也是安东尼和他的读者间最普遍的关系。

2017 已经开始，彩虹色的“陪安东尼度过漫长岁月”系列也已经出版过半，而我最爱的颜色还在对未来的期待中……

小茧 2017/1/1

绿——陪安东尼度过漫长岁月Ⅳ

a journey through time, with anthony

[2013 年 1 月 30 号 风那么大 看得很爽]

可能因为大学学习的是酒店管理 后来又去了国际酒店实习 深知差个几百几千块得到的服务却天差地别的情况 于是养成了出门旅行住好酒店的坏习惯（好习惯？）

第一次去璞丽酒店是美国朋友杰克薄请我去吃周日早餐 一进去大堂就爱上了这个酒店 没有什么金碧辉煌的堆砌 整个装修风格暗色狭长 低调典雅 好像是在闹市区偷偷雕琢的楼阁 想起《桃花源记》“初极狭，才通人，复行数十步，豁然开朗。土地平旷，屋舍俨然，有良田美池桑竹之属。阡陌交通，鸡犬相闻。其中往来种作，男女衣着，悉如外人。黄发垂髫，并怡然自乐。”

那时候在上海工作 住在靠近东湖路的上海弄堂 有的时候夏天吃过晚饭和室友上街溜达 就会走到璞丽酒店 在大堂图书馆看看书再去上个厕所 那个日式的喷水烘干马桶我很喜欢 喜欢到上海房子装修 我花了一万多买了个一模一样的

这次上海签售 过圣诞新年通过在法国学甜点的 Cindy 预订了 Puli 总算圆了我一个住璞丽酒店的愿望

璞丽的房间住起来很有家的感觉 但不是自己的家 更像是班级里你最要好朋友的家 然后他又是个富二代 他爸爸是个老爷 官人之类的老来得子 你去他家住 大人都不在的感觉

床上用品滑滑的 我到非常喜欢的酒店才会像在家里一样裸睡

我很喜欢 Puli 早餐的概念 基本的 面包 酸奶 水果 冷肉……这些东西已经在餐厅中间摆好 同时早餐也有早餐的菜单 西式的中式的都有 我喜欢这种自助和点菜结合的形式 这样厨房可以更好地控制早餐的质量

和 Avon 一起吃早餐 我和她说 煎蛋三文鱼的 hollandaise sauce（荷兰酱）做得很地道 她说我们大厨师 Michael Wilson 就是墨尔本人 说他在 Cutler & Co. 和 Cumulus Inc. 工作过 我兴奋地说这两个是我最喜欢的墨尔本饭店前几名 接着 Avon 就给我介绍了 Michael 认识 原来 Michael 在墨尔本就在我家附近住 我说我的好朋友 Pip 也在

Cumulus Inc. 工作 就这样聊得很开心 他邀请我过来吃午餐 我也想尝尝墨尔本出色大厨在中国做的菜是什么味道 很开心地接受了邀请

请阿亮一起在璞丽静安餐厅 吃了午饭 Michael 准备了菜单上的几道菜让我们品尝……我只能说太好吃了 太 Cutler & Co.

具体吃了什么 我也记不得了 好在阿亮拍了照片 有几道菜上来我俩就上刀叉了 没来得及拍照 哈哈哈

有天晚上我喝酒回来 路过大堂 有一对很时髦的年轻夫妇说是要入住 想上去看看房间 前台工作人员很客气地说 晚上过了八点就不能安排看房了 说过了八点 为了不影响客人休息 连工作人员都很少上楼 听到这里 我又对璞丽的管理理念深深地佩服了下

酒店的客房服务也值得夸奖 每次不仅仅把房间打扫干净 还把我的东西规整得井井有条 充电器电源线竟然绑出了美感

几天下来 璞丽成了我在上海最喜欢的酒店 希望下次有机会来上海还住这里

[2013 年 6 月 5 号 樱花树 长一年 开两周]

早上起来收到刚认识的朋友的消息

J：早啊

我从床上爬起来 看手机

A：早 在上班路上了吗

J：在吃早饭 一大碗燕麦粥 还有绿茶

A：听起来真不错 我早上就含一勺蜂蜜

J：早餐应该吃得像个国王 午餐应该吃得像个王子 晚餐应该吃得和穷人一样

A：那我似乎恰恰相反 晚餐吃一堆 还喝酒

J： Haha too bad（哈哈 那太糟糕了）

A： 我要起来像国王一样吃一顿早餐去了

结果 在床上看了半小时书 起来之后吃了一个海参 含了一勺蜂蜜就去写稿了

不过说真的 最近晚上只要一喝啤酒 肚子马上出来 真的是年纪大了

［2013年6月6号 You and me（你和我）］

秘密

告诉你一个秘密—— 我的秘密太多了 已经无法那么坦荡地给你讲关于我的故事了

可是 我又是个坦荡的人

所以话才越来越少哦

不过

即使这样 也觉得以后会好起来

红 橙 黄 绿 青 蓝 紫

［2013 年 8 月 1 号 你有那么多文身还这么怕疼］

从墨尔本到普吉岛要转飞机 我这次在新加坡转机 飞的前一天晚上陪小兽去一个演唱会 我问他什么音乐 他说是摇滚乐 我想了下说 重金属吗 他说不是 是硬核 我当时想说能有多硬

晚上我们在中国城吃了晚餐 他说整个演唱会八点钟开始 但是我喜欢的乐队 要十点才开始 我们饭后过去 沿着楼梯走到地下室 看到很多穿孔的 文身的 光头的 都是穿着黑色的衣服 这时候我才明白为什么我出门前 小兽告诉我说 要穿黑色的外套 如果我穿个绿色外套 可能会被鄙视吧

然后音乐就开始……我只能说 哎妈呀 太可怕了 这哪里是音乐 根本就是吼啊 完全不知道他们在唱什么 从头吼到尾 舞台前面有一个 很小的舞池 很多人一边听歌一边点头 然后撒欢一样 在舞池里各种扭动 好像不干净的东西上身了一样 听了两个小时之后 回家路上 我耳朵都是嗡嗡的 小兽还要去喝酒 我本来听得就一肚子火 他还要去继续喝酒 因为第二天还要赶飞机 所以我独自回家了

毫无新意地 又在去机场的路上 一路狂奔 在柜台关闭前一分钟 办理了手续 我的泰国之行开始了 经过九个多小时的飞行和转机 我们到达了普吉岛 用中国护照 可以在机场办理临时的签证 出了机场 就看到

酒店派来接机的人 酒店离机场不远 不到十五分钟我们就到了

酒店整体的设计因为加入了工业元素 非常男性化 推荐这里的泰国餐厅 好吃得飞起

第二天坐小摩托去海边 看到很多老外 在海边躺了一个小时 回酒店的路上去打枪 我选了左轮手枪 打了十发子弹 百分之八十都中要害部位 除了一发特意打脑门儿的 子弹基本都击中红心附近 我觉得练一练 可以去当杀手了 我把靶子收了起来准备回来拍照 结果把靶子落在了小摩托上

回酒店以后 去按摩 这个按摩的地方非常别致 是挂在树上手工编织的鸟巢样房间

躺在巨大的鸟笼里按摩 透过藤条的缝隙能看到外面的光 也能看到藤条不规则的接口 这一切让我想到《阿凡达》 有种想甩着大尾巴出去跑几圈的冲动

［2013年8月4号 阴雨不断］

打电话给 Naka Island 他们早上准时就派小车来接我了 没有多久开到了码头 码头的人帮我把行李装上了快艇 逆风而行 伴随着背后的浪花 看着远处的海岛 我有种 这次旅行会靠谱的感觉

五分钟左右到了小岛 有人来接 服务员直接喊我的名字 让我觉得特别亲切 她开着小车一边走一边给我介绍整座小岛 小岛的一半居住

着当地的居民 大概二百人 另外一半 被建造成有七十多个房间的豪华度假村

来到房间的门口 服务员告诉我墙上这个小石头人 如果眼睛是睁着的 表示可以有服务 翻过去眼睛是闭着的 表示客人在休息 酒店的人也不会打扰 小院的门 让我想到我姥爷家的院子 开门进去院子以后感觉自己来到了好莱坞有钱人的家里 坐落在雨林对面的小游泳池美得不像话 房间是用水泥混合物搭建的 类似于玫瑰盐的颜色 整体感觉很特别 和我之前住过的任何一个酒店都不一样 走廊过道 很多结合处都是圆滑的 没有棱角 整个房子给人一种 舒服 温暖 干净 又不便宜的感觉

去了位于山顶 面朝大海的酒吧 她说这里除了有酒 还有九百泰铢就可以吃到饱的小吃 傍晚的时候可以在这里一边喝酒一边看落日

回到房间 坐在书桌前 打开邮件 在 Tiffany 工作的 Summer 同学联系我说 亲爱的 七夕的时候 我们打算做一个商业企划 需要一句描写爱的广告词 你有兴趣参与吗 我说当然啊 Tiffany 啊 就算是免费的我都乐意 我说我今天就给你

接下来就在窗前 想着要写点什么 这时候夏日风暴来了 面对外面美爆了的游泳池 对面的雨林 远处的海面 天地间的雷电 我在给 Tiffany 写一句广告词 这一切让我觉得很不真实 但是什么都写不出来

去院子里的 SPA 泡了下 又冲了个澡 淋浴室有蒸汽又蒸了下 在舒服的蒸汽房里忽然来了灵感 赶快冲了下擦干出来给 Summer 发了文案

“我有颗红心 年轻的时候 每次谈恋爱 那颗红心就一直闪一直闪 后来也谈过几次恋爱 还是一样会担心踌躇 一样会开心快乐 只是那颗红心不再闪了 我觉得也不是我遇到的人没有之前的好 只是那颗红心没有那么简单再亮起来了 但我相信 你会用最简单的咒语将它再次点燃 像星光 像烟火 像满是大雾的宽街上的灯”

她说亲爱的 我好喜欢 但是这个不是很 Tiffany 你再想想 不着急 我说好的 接着就去饭店吃午饭了 午饭后雨停了 我走到海上运动的区域要了一条塑料的独木舟 因为之前在新西兰和 echo 在湖里玩过一次 觉得特别爽 这次想在海里尝试下 服务员给了我船桨和救生衣 我坐进独木舟他一推 我就来到了海里 在大海里泛舟 远处的小岛似乎就是莱昂纳多拍摄 *The Beach*《海滩》或者 *The Hangover Part II*《宿醉2》拍摄的小岛 我划呀划 这时候忽然有鱼群从海里跃出来 钻入海里又成群跃出来 我心里走过字幕 如果我后面站只老虎 我就是少年派啊 沿着小岛划出去三四公里 这时候开始下小雨 我开始往回走 快要到岸边的时候 看到一个亚洲男生在海边给他的女朋友拍照 我继续划 他看到我 就在岸边给我拍照 我当时在独木舟上挺生气的 想说这个人怎么这么没礼貌 我和他招手说不要拍我 他在岸上满是笑容地也和我招手 一边指着天一边说 hurry hurry（快 快） 我上了岸 他和我说 big rain very quick（大雨很快就来了） 我不清楚他讲什么 到处找手机 这时候倾盆大雨开始了 原来他是说乌云来了 我回来得很及时 我打算坐酒店小车回房间的时候 他拿着纸和笔上来 让我写下我的邮箱地址 说可以把照片发给我 原来他是韩国人 和新娘来小岛度蜜月的 这时我特不好意思 原来人家一片好意 祝他们蜜月旅行愉快 并表示感谢

回到房间已经很累了 床铺已经放好 帘子也放下来 蜡烛点起来 那

种温馨和谐的感觉 让我就算一个人住在雨林小岛上也不会觉得害怕 床单很舒服 我之前工作的 Westin 和 Naka 是一个酒店旗下的 Westin 的床垫是特殊定做的 叫梦之床 这个床垫绝不比那个差 床单也柔软 躺在上面感觉像是躺在云里一样 心里想着 可惜在这里就住一天 根本不够住 下次有机会带着爸爸妈妈来

[2013 年 8 月 4 号 你不是健身吗 还怕蜘蛛]

接下来住的海边平价酒店

去的路上看到底下巨大的 海滩游泳池 里面有一些人在游泳 大部分是白人 身材特别好 一边想着 白人的身材就是好 一边要好好锻炼身体的警笛就开始响了 到了我自己的房间 很标准 很干净 坐在床上安静了半分钟什么都没做以后 走到窗帘处打开一看 哇 对面就是大海 锁上门直接就走到海滩 这个海滩是我到普吉岛以后 看到的最好的海滩 海水也是最好的海水 清澈

走了一圈又看到很多膀汉之后 怀着复杂的心情回到房间 在去健身房和找吃的之间选择了出去找吃的 天知道我有多不喜欢健身房 于是出来走走 走了十几分钟找到一个很像样的饭店 点了泰国的咖喱 红的绿的都吃了 我觉得在泰国随便找一家店 里面咖喱都特别好吃 也不知道是为什么 可能因为食材新鲜吧

吃得饱饱的以后 想着反正也不会回去健身 干脆再去做一次按摩帮助消化好了 标价四千多泰铢 我说好 躺下去以后 换算成澳元 怎么算怎么觉得贵了 想说在澳大利亚也就这个价格吧 感觉进错了店 做了

一个油油的里面带盐的 也做了个全身的按摩 她们让我去蒸汽房 然后换内裤 我洗了以后一穿那条黑色内裤 bibibi 还黑丝啊 还隐约可见啊 想说我怎么可能穿这个 于是又把自己内裤套上 按摩的阿姨说 你这样会把内裤弄脏的 我说不要紧 我要穿我自己的 后来阿姨开始按摩 一边按一边说 你皮肤真好 我心想对对对 可惜我没肌肉

回到酒店 朋友来找我 他问晚上做什么 我说在酒店吃点东西然后看场电影吧 他说你来一次普吉岛 不去看看夜市怎么行 我说我不想去 他好说歹说把我拉出房间 说只要一下雨就让你回去

来到商业街 可开了眼界 很多拿着半裸女生牌子的泰国人在街上拉客 两边的酒吧里也有很多女生干脆穿着高跟鞋在吧台跳舞 大街上形形色色的游客 黑的 白的 黄的 不黑不白的 还有白人警察 我朋友告诉我这些警察是没有工资的

我一心想回酒店躺着 朋友问我想去哪家酒店喝酒 我就说随便 他说你不高兴啊 我说还行

然后就找到了一家红红的酒吧 刚往里走小姐就过来搭我的肩 我朋友挺帅的 估计因为这个 小姐也不出去拉客人了 干脆坐在我们桌 我们几个开始喝酒 其实我是喜欢喝葡萄酒或者棕色啤酒 但是我很无聊的时候就喝透明的 于是喝了很多金汤力 又喝很快 那个泰国女生说你喝太快 还问我干吗那么严肃 她说 泰国人看得很开的 什么都不在乎 干吗那么认真 后来我有点喝多了 渐渐变得放松起来 再后来开始下雨了 告别了朋友和泰国美女 给了她小费 然后坐出租车回房间 这时候已经狂风暴雨 我知道普吉岛之前发生过海啸 生怕今天晚上就是一次 而且我又住在岸边 根本就是“猪脖子”啊……一晚上睡睡醒醒 爬到窗

台看看海水上没上来 满脑子想着水漫金山 做梦也都是蛇 好不容易白天了 雨小了 到海边走走 这个海滩真的很好 如果天晴 我一定下去好好游泳

[2013 年 8 月 13 号 偶遇 北京校草]

从泰国回到墨尔本已经一周了 今天下午终于能把最后住的一个酒店的经历记录下来

早上在之前的酒店收拾行李的时候 雨还淅淅沥沥地下着 坐出租车去 Pavilions（临时展览馆）

其实也没开出去多久 来到感觉靠近农村的地方 很像是城市郊区出现的高级别墅群 汽车盘山而上 植被出现了变化 然后出现了竹林 门前是红色黑色的招牌 门口有一尊面目慈静的大佛

出租车一直把我送到酒店门口 这时候有服务员下来帮我拿行李 办理入住 把证件给服务员以后 走到大厅的玻璃前 山下的秀丽景色尽收眼底 深浅高低不一的绿色 在烟雨中若隐若现的瓦房 站在窗前心想 这地方我在梦里见过

坐在沙发上喝他们送的泰国特有的紫色饮料 一旁是在大雨中熟睡的猫 经理出来和我打招呼 都安顿好后 其中一个服务员 May 带我去房间 这个酒店的房间类似于一个个小别墅 环绕着坐落在山上 May 开着类似高尔夫球场上那样的小车 这时候雨一下子变大了 她想了下 把我送到小亭子边 自己又跑回去拿伞 只拿了一把伞回来 递给我 这时候我看到她上身已经湿透了 能看到里面的内衣 我有点害羞又惭愧 她冒着大雨径直走在前面给我带路 我撑起伞追上去给她撑着 她很害羞的样

子和我说不用不用 又说谢谢 谢谢 进了房间 我去给她拿毛巾擦干 她笑说不要紧的 接着就给我介绍房间里的设施

雨还是很大 我和她说你在这里待一会儿再回去吧 她说不用不用 我看她衣服都湿透了也没使劲挽留 我说这把伞你拿着回去 反正雨这么大我也不出门 她谢过 回去没多久就又送了一把伞过来

晚上 我一个人在酒店看电影 看着看着忽然觉得很寂寞 想不出来我一个人跑到泰国的岛上 陌生的房间 这样住着是为了什么 然后就特别想我的朋友们 晚上拉上窗帘 不知道什么时候睡着的 再起来的时候雨已经停了 是个晴天

去餐厅吃饭 这个餐厅的早餐是这次 在普吉岛我吃过的最好的早餐 其中有个 鸡肉丸子 海鲜丸子做的粥 又放了些姜丝 特别好喝

酒店每个小时都有去附近海边的汽车 我和在酒店结识的北京来的朋友们一起去海边走了走 躺在海边的椅子上晒太阳 北京来的其中一个男生 拿出来山楂片 豆腐干给我们分享 他说他坐车坐飞机容易晕 出来总要带些吃的 我觉得那个五香豆腐干 没有特别好吃 旁边有一只泰国的草狗 我把豆腐干给它吃 它闻了闻 把豆腐干用沙子埋起来 我和小北京说 你也别吃了 这里面肯定很多添加剂 你看 狗都不吃 他笑 也不听我的 继续吃

回酒店 告别了北京来的朋友们 我去图书馆坐了坐 给妈妈和墨尔本自己的家写了明信片 接着又去游泳池游了半个多小时 想着明天就能回家了 不由自主地开心起来

晚上躺在酒店的床上 心想 我一次次跑到这么远的地方旅行 可能就是想在不同的地方走走看看 也许也记不住什么 吃吃喝喝 也许也留不下什么 但至少在异乡的床上睡过 而且每一次清晨起来都在另一个人间

但我又不得不感叹 即使走得再远 还是驻足在自己的命里

［2013 年 9 月 1 号 你的脸 怎么长得那么忧伤］

表弟结婚 妈问我 婚礼上亲戚朋友问 "你儿子什么时候结婚啊"的时候 要怎么回答 我想了想回复 你就说 "关你屁事"……结果被妈教育了一番

［2013 年 9 月 5 号 后来我真的去了］

又看《诺丁山》 看到花絮的时候 拍摄时间是 1998 年 我想才五年啊 怎么像十年前的电影 后来看了日历才发现已经 2013 年了 怎么一晃就 2013 年了呢 去英国我要去诺丁山找蓝色大门的公寓 也要去里兹卡尔顿

［2013 年 9 月 7 号 guji guji guji piu piu piu］

我们多像《保卫萝卜》里的妖怪 为了幸福地吃上一口萝卜 要被轮番炮轰 有的有针对性 不时地攻击力还会加倍 有的放霰弹 有的拉住我让我停止不前 有的把我变小还套个泡泡 有的更厉害 它一出现所有道具的攻击力都加倍 顶着各种炮火 我嗷嗷地向前走着 为了梦想 为了幸福地吃一口萝卜

［2013年9月11号 我不要 反复查看手机］

人类能承受快乐的能力 真的很有限

［2013年9月19号 即使是现在 给别人做饭 还是会紧张］

我所喜欢的美剧 都是讲小事情的 《老友记》《兄弟姐妹》《欲望都市》怎么看也看不够 剧情跌宕起伏的也爱看 比如《迷失》《复仇》《越狱》……但我对它们的耐心只有一季

［2013年9月20号 下午的时候 要喝薄荷茶］

很久之前如果你很喜欢一个人 会在晚会的时候 心怀忐忑地 伸出手请她跳一支舞 有的时候我想 现在随着高科技发展 似乎认识别人 要和别人寒暄搭讪变成了件简易的 动动指头的事情 不过我觉得这种"简易"把遇到喜欢的人 这件事 变得更复杂化了 我期望某一个瞬间的一见倾心 在大街上或者地铁上邂逅 然后走过去 拉住她说 我们好吧

［2013年9月20号 夏天？ 秋天！］

收到很可爱的女生的礼物和她真挚的信 她的信给了我勇气 进公寓的时候 另外一个人 穿着紫色连帽衣服从里面出来 他帮我开门 同时忽然看着我眼睛说 Hey 且一下子面带笑意 我说了谢谢 转看一边 坐电梯回家后才反应过来 这就是最好的时机啊 要追上他说 你好 我叫安东尼 很高兴认识你……跑下楼 没找到人

[2013 年 9 月 30 号 经常做梦]

狐狸问小姑娘 他每天睡觉的时候都打呼噜 你不觉得烦吗 小姑娘说不呀 外面风雨交加的 他是我的小野兽 在他温暖的皮毛下 是更温暖的心 他每一次打呼噜的声音 都让我睡得更沉

[2013 年 10 月 6 号 小时候 我有个万花筒]

我脑中有千百种思绪 mmmmmmnnnnnn 你要不要进来看一看

[2013 年 11 月 4 号 深更半夜 去看海]

醒后在床上想事想了四个小时 想到脑子一片空白 下来大厅吃饭 外面不是海就是天 在意大利卡普里岛 因为不方便脱裤子没游泳 尽管这里十几摄氏度又是阴天 等下我也准备去海里泡一泡 反正旅行要结束了 感冒也不要紧 巴塞罗那的每个人都看起来很开心 从前有个小朋友 前前后后爱过几个人 他觉得有点多

[2013 年 11 月 21 号 我也不好意思 只是你看不出来]

想把手 伸到你衣服里

[2013 年 11 月 24 号 如果世界安静一分钟]

其实大学以后 我一直有人生几十年 随便过过就好的感觉 所以大学后没攒钱到处走 半夜也敢在很乱的区溜达 深冬也敢在异国海里裸

泳 从天空跳下来也不怕 现在想想 家人 爱人 朋友才是生活的意义吧

［2013 年 11 月 26 号 有的时候下眼球 很累］

我坐电梯从 18 层下楼 进了电梯 很轻松地放了个屁 好臭
结果 14 层停了下来 进来一个头发盘起来的 OL
我赶快按下 10 层 走出去冷静了下
祝她一切都好

I am sorry

［2013 年 11 月 28 号 去非洲的飞机和北欧的船］

因为要回去找对象 这几天抓紧练练上身肌肉 抓着一楼的横梁做引体向上 一天做五六十个 做了几天下来胳膊都抬不起来了 特疼 心想可能这样的锻炼方式是不科学的 今晚吃饭后 忽然想到猴子不是整天挂树上的吗 人类和猴子构造应该差不多吧 于是 忍着疼 又做了一组

［2013 年 11 月 29 号 你的笑容 可以消除我下眼球的疲劳］

我的漫长岁月 都称不上你旅行中的一场游园惊梦 短暂路过的时候也未相视一笑 不过还好 我会死 然后你也会死 ^ ^

［2013 年 11 月 29 号 瑜伽里 生小孩的动作 有点做不下去］

从欧洲玩了一圈 回来调整了一周又开始上瑜伽课了

班级里出现了个新的同学 特好看 上课动不动就把衣服脱了 光着膀子在我面前晃悠 真的是太讨厌了

弄得我 每天早上起来都不太想去上课

但是今天莫名其妙地 又去了

昨天晚上看了部电影 *Heartbeats*《幻想之爱》 特好看 不管是人 衣服 音乐 还是电影颜色 推荐下

[2013 年 12 月 1 号 给你一块糖]

从前有个小朋友 喜欢恋爱的感觉 但是不理解恋爱本身

[2013 年 12 月 1 号 实话]

亲爱的不二 我所在的这个世界其实还不错 只可惜 好吃好喝的东西都让人变胖

[2013 年 12 月 2 号 但是也被伤过]

处女座的人那么好 处女座让生活更美好

[2013 年 12 月 3 号 还能说什么]

从前有个小朋友 特别爱花钱 妈的

［2013年12月6号 用你温暖的手心 帮我焐一下眼睛］

大概有那样的魔法 我一次次独自旅行 置身这样的天地 然后某个无眠夜晚或清冷早晨 你抱着我的时候 忽然也能感同身受 彼时世界那端温暖的光

［2013年12月7号 可能因为长］

从前有个小朋友 跷二郎腿的时候 绕两圈

［2013年12月8号 他像是漫画里的人］

大学时 和我们班最壮最魁梧的男生 W 起冲突 他要揍我 因为我觉得不理亏又在气头上 所以尽管当时很怕 却还是站那里装镇定 不服气 还好同学把我们拉开 当时我嘴上没说 心里特感激拉架很认真的 R 同学 否则我一定鼻青脸肿 R 来墨尔本玩 我邀请他住我家 见面第一句话他说 你都没变 我觉得大家都没变 除了 W 老了

［2013年12月16号 Goodbye（告别）比 hello（遇见）好］

觉得非常快乐 但这种快乐让我觉得不安 可以一次拔三颗智齿也 OK 在厨房工作时 胳膊被锅烫得经脉都不见 肿得跟腿一样 也能继续刷盘子切菜 忍受痛苦的能力 比享受快乐的能力还要强很多 可能很多人都这样吧

［2013 年 12 月 21 号 Mr.Brightside］

在衡山路下车 看到一个五十岁左右的阿姨 提着两个袋子在前面艰难地走 过去帮她拎 她一直道谢 袋子特沉 我拎一会儿都得换手 问她你怎么提这么沉的东西 去哪儿 她说她在搬家 她家男人不在了 没人帮她搬 陪她找了半天找不到九号出口 后来她发现自己下错车 不断道歉 想给她钱打车 不知道怎么开口 出了地铁眼睛红了

［2013 年 12 月 23 号 点菜的时候 你说这家的锅包肉很好吃］

从前有个小朋友恋爱了 软肋什么的来不及顾及 只是觉得自己多了层盔甲 朋友推荐龙应台给我 在 Puli 图书馆看了一个早上 她文笔美得 需要一直深呼吸才能读下去 你问我那以后怎么办 想了下说 你住哪里我就住哪里 我可以拎着我的大箱子 为爱走天涯 最后一句 字正腔圆地说 像是宣誓

［2013 年 12 月 24 号 Maybe（可能）Maybe……我不是这么觉得的］

小朋友的朋友问小朋友 在上海待得如何 小朋友说 不能再好 有子宫的话可能已经怀孕了 朋友笑说 太好 给嫂子带好 小朋友说 彪吗 都是你哥 早上洗澡后依次穿上纪梵希衬衣 巴宝莉毛衣 穿普拉达外套时忽然意识到 Shit.I am one of those（我是那些人的其中之一）等到穿上三枪秋裤感觉终于有人味了

［2014年1月2号 你不喜欢气泡水吗］

我太喜欢 在家喝茶看书 等快递的感觉了 关于上海 我最喜欢的就是 阿姨 出租车和快递

［2014年1月5号 dida dida tita tita］

我没有等 时间 这一次 走在了它的前面

［2014年1月24号 河道］

你在埋头工作 我在你身边躺着 伸出手摸着你脚踝的皮肤 不知何时睡着了 梦里我用春天的颜色 装点衣裳 举手投足都是我爱你的模样

［2014年1月26号 All endings are happy endings（所有结局都是美好的）］

觉得 任何一种结束 都是好的

［2014年3月1号 My heart will go on 怎么翻译才好］

最近很多读者 陆陆续续买到书 拍了照片 at 我 刷新一次 就是一页面的明亮黄色 觉得很温暖喜庆 也不知道说些啥 谢谢大家一直厚爱一直陪伴

[2014 年 3 月 16 号 像瀑布]

我坚持的 都值得坚持吗 我所相信的 就是真的吗 如果我敢追求 我就敢拥有吗

[2014 年 3 月 18 号 闭上眼 不可以偷看]

When someone loves you, the way they say your name is different. You just know that your name is safe over their lips.

（当一个人喜欢你 从他的唇齿间读出的你的名字 听起来也是不一样的 一听就知道）

[2014 年 3 月 18 号 所有]

林夕写道 所有的爱 到最后都是陪伴

我想我出的两个系列的书 从“这些都是你给我的爱”到“陪安东尼度过漫长岁月”

不知不觉地 竟然和大师走到了一个频率上

[2014 年 3 月 22 号 220V]

我的肩膀 就是你的电褥子

[2014 年 3 月 31 号 夏天里]

墨尔本天气本来转凉 我以为是要步入秋天的节奏 结果今天又热

起来 三十一摄氏度

小托打电话问我要不要去海边 我想了下说 好 但是我们去个远一点的好了 之前去的几个感觉都不够爽 最好选个有浪的

后来我们去了 Torquay（托基）

开车一个半小时 因为天气好把车顶篷放下来 车速每小时一百一十公里 坐在副驾驶一直有风从耳朵旁边 wuuuu wuuuuuu 吹过 太阳晒在脸上 暖乎乎的 闭上眼睛的时候不知道自己 此刻睡在哪个夏天

路过一段路 正好在维修 有很强的沥青味道 小托说他特喜欢那个味道 我说 这个味道让我想起来我小时候住在农村的时候 我表哥骑自行车带我去别的村买汽水的样子 地上被太阳晒得很黏 穿板鞋走在上面 有撕膏药的声音

因为水还是很凉的 游泳的人不多 有一些在上冲浪课的学生

开始的时候 他没下水 我自己跑到海里游泳

小托看到我游泳的时候脑袋一直在上面他就笑 说 你真奇怪 游泳头发都不沾水

我说 我没戴游泳镜 没法睁眼

他说在水底下也能睁开眼睛的啊 说着 潜水游到我身边 抓住我小腿 钻出水面说你看 我说你真的在水下睁眼了 他说对啊 要不我怎么找到你的

后来我也鼓起勇气试了下 果然能睁眼 其实小时候看《十万个为什么》了解了人在水下是可以睁眼的 但是我在姥爷家水库试了下 什

么都看不清 而且眼睛变得很红 后来就不敢了 现在想想 水库的水本来就很混浊 都是淤泥 加上 农民经常把空农药瓶扔在水库边上 所以当时尝试的时候不舒服

回来的路上 小托说 真难以置信 你都要三十岁的人了 竟然不知道在水底下能睁眼睛 我笑笑说 今天又学会了一样 澳大利亚的水特别清 在海里游泳的时候 睁开眼睛 都能看到海底快速游过去的小鱼

马上三十岁了 本来生日什么都不想弄的 结果被啤特教训了一番 他说你要好好庆祝才是

我想想也对 于是叫了十个左右的朋友 打算一起去公园划船 野餐

日记还是得 坚持写

大家晚安

[2014 年 4 月 2 号 飞起来了吗]

今天在街上走 看到一个胖子 忽然想到那鬼 之前我特别喜欢玩他胖胖的肚子 现在想想 自从他结婚后就没碰过 也不知道为什么 可能不好意思了吧

[2014 年 4 月 8 号 关于我们]

[1]

我有一个想法 很幼稚的想法

我觉得我来到这人间之前 一定在宇宙中沉睡
沉睡的时间 是由沧海变成一次桑田来计算
就那样无牵无挂地睡着 一切都好

直到我看到 点点光芒
它比云图还要耀眼 比星光还灿烂 它是闪闪发光的爱情

［2］
求婚那天 他手里攥着蓝绿色的盒子

“没啥野心 就想每天下班以后都能让你吃上我做的饭 然后碗筷洗了 挨着躺在沙发上 看看电视 手握在一起睡觉 起来的时候一睁眼就能看到你 这样的话 就算岁月漫长 也觉得没活够吧”

说着他打开了盒子 里面的钻戒 方形 简洁 它是蒂芙尼戒指 Lucida 拉丁文的意思是银河里的星

那钻石的色泽像是 乌云笼罩的海面 一下子被阳光直射而反射的光芒

［3］
“他们是网上认识的 书信交往了一年多 他开了很久的车 紧张又幸福 激动得走错了好几次路 她在路灯下等他 黑暗中 只有车子驶过的声音 和那一片柔光天地 他走向她 她只说了 Hey 他已经抱住她 吻了上去 他后来说 他看到她的第一眼 就知道 他是她的 她是他的”

好像几亿 又好几亿年前 他看到的闪闪发光的爱情

［2014 年 4 月 11 号 深深地鞠躬吧］

谢谢 这一刻多希望这两个字能表达我现在的感激和心思

［2014 年 4 月 15 号 Another life to lose（另一个生命逝去）］

今天早上忽然参透人生真谛：控制饮食 合理运动

［2014 年 4 月 15 号 说真的］

Follow heart（跟随心意）的结果 要么婊 要么贱 因为人心它就是这么不争气……

［2014 年 4 月 15 号 只是膝盖不行］

总的来说 我觉得这世界还行 但对于存在在世界本身并不觉得激动 只是想到你也在这世界里 似乎又有了点跑的动力

［2014 年 4 月 17 号 枕头］

我的床特别地大 宽几米我不清楚 买的时候说是 king size（最大号） 反正我睡在一边的时候把腿往一旁伸 根本够不到边 剩下的空间还能睡一个人 基本上我在我的床上都是一个人睡的 在上面睡觉的时候滚来滚去

床上有两个枕头 一个很轻 里面应该是那种化纤填充的 就是去酒店时会遇到的枕头 西方国家的枕头

另外一个很沉 是我从国内家里背来的 里面填充的是某种植物的种子 我还记得买枕头的时候 那个店员打开包装给我和妈妈看 说 你看这里面的种子 一粒是一粒的 特饱满 这质量你放心

两个枕头我都很喜欢也都很好睡 但是我发现失眠的夜里 种子的枕头更好睡一些

通常有种子的枕头放在床的左边 外国枕头放在床右边 我的床右边有个床头柜 每天上床睡觉的时候 我都会在床头柜上放一杯水 晚上的时候会从 种子枕头上 闭眼滚到外国枕头上 然后伸手拿水

昨天晚上在床上看书 吉本的《无情》 把两个枕头垫在背后 后来看得太困了 不知道什么时候睡着了

结果两个枕头放错了位置 半夜起来喝水 睡在种子枕头上

结果我翻身一滚 一下子掉床下面 脑袋还卡到右边床头柜……

习惯这东西 真的是太可怕了

我希望有那么一班早上的列车 在周一的时候 里面会播放 *Now My Feet Won't Touch the Ground*《此刻我要自由高飞》

这样周一应该也好过一些 不会那么忧郁

［2014年5月初 *Now My Feet Won't Touch the Ground*］

我之前一直觉得如果年纪前面不是1或者2开头的话都有种让人心酸的感觉 所以一直在想等到自己三十岁了 干脆急流勇退 自行了断了好了

其实过了二十五岁以后就能明显感觉出来老化了 之前不论怎么吃都不会胖的体质 现在只要喝瓶啤酒吃两碗米饭 到了晚上肚皮就一抓一把了 脑袋的两边也出现了点点白发 皮肤没有之前紧实 用小四的话说 眼睛里也挂事了

可是就是这样 一晃 也到了三十岁 当然不会有什么自行了断的冲动 反而觉得三十岁也不错啊 明明和二十八岁没什么差别嘛的感觉 心里想着 干脆这样 "苟且偷生"下去得了 尽管这样看开了 但是没有任何庆祝生日的冲动 打算冷处理 这么偷偷摸摸地过去

直到有一天啤特来我家喝酒看电影 忘记了怎么说起我生日的事情 他问我你生日怎么过 我说我不准备过了 生日有什么好过的 不就又老了一岁而已 没有什么好庆祝的 然后啤特忽然很认真地说 我觉得生日是一定要过的 活在这个世界上本身是一件很奇妙的事情 又很辛苦 生日的时候身边有几个真实的朋友 一起吃吃喝喝的 收到一些礼物 我觉得这些都很重要 我三十岁的生日是在伦敦过的 和当时的室友还有同事 现在想想也是很好的回忆

听了他的话我觉得也有道理 我说可是生日那天我不想做饭 但是如果出去的话 那么多人 请吃一顿一千多澳元也进去了吧 啤特问说你

过生日大家来吃不是应该自己拿自己的吗 难道让你请客？

我说如果我请他们来 当然是我请客了 再说我有一些朋友都还是学生或者没有工作 我不忍心让他们花那么多钱吃饭

啤特说文化差异真可怕啊 那就吃个便宜点的 阿姨水饺什么的 我说不行 生日怎么也得吃好喝好啊

这时候我忽然想到一个好主意 我说我们野餐怎么样 正好墨尔本现在也没有很冷 弄一些面包 香肠什么的 再带很多香槟 啤特说好啊 最好是从下午开始 大家想什么时候来 什么时候走都行 我看了下日期 生日是周五 我说可能下午很多人来不了 啤特说没事 让他们请假呗 你生日那天我请假 我想了下说好 那就这么办

我和琳还有文森说 我生日准备叫你俩来 想找个公园野餐 他俩说好啊 去哪个公园 我说我还没想好 有天没事 他俩就开车带着我到处转转 后来在大猎场后面的庄园找到一片草地 正好有一棵树 旁边有一个池塘 而且附近的花都是紫色的 我很喜欢

过了几天我和小托去 墨尔本鲜花节 我和他说了生日想组织一次野餐的想法 小托说有个公园 在仙女地那边 特别大还有一条河 他们去年夏天就在那里野餐过 觉得特别好 还能租小船一边划船一边喝酒 我一听 觉得太棒了 自从在剑桥划船以后就喜欢上那种感觉 我觉得我是非常喜欢水上运动的 想象着我在船上 喝着香槟 小船在浮动 闭着眼睛晒太阳 真是太爽了 然后小托开车把我带去那里 果然和我想的一样 就定在那里好了

生日的前一周 我在微信上建立了一个群 叫 4 月 11 号野餐 往里

面拉进去了十五个朋友 我说大家好 我下周五下午准备组织个野餐 男生都要穿白色衬衣 女生穿白色的衣服加上一些鲜艳的颜色搭配 不用带吃的来 每个人带一瓶酒 带一个杯子来 两点钟开始 玩到尽兴结束

有几个朋友问不能改成周末吗 我说不能 尽量请假 实在不行我们改天再聚

就这样最终统计下来 大概十个人会来

结果墨尔本进入 4 月以后一直下雨 下了一周了 10 号下午有几个朋友在群里问明天下雨 我们的野餐怎么办 其实我一直期望奇迹出现的 盼望着天气预报不准 可是既然有人这么问了 我心里也没底 想来想去和大家说 干脆来我家里好了 计划不变 不过大家不用带杯子了 我家有

11 号早上 我一早起来 给文森和琳打电话 他们来我家以后 我们一起去买了很多的鲜花 还有两个麦子发芽的草 买了各种熏肉 香肠 三四种奶酪 买了一个大西瓜回来做西瓜汁 买了橄榄面包 买了一箱子法国香槟 还买了十多个牛肉派 把家里的音乐换成古典乐 把楼上从中东那边弄来的手工制作的床罩铺在地上 大家都席地而坐 从两点开始陆陆续续地有朋友来 我也把毛衣换成白色衬衫 明明告诉大家带酒来就行 不要礼物 可是还是收到很多礼物

大家围在一起 一边吃东西 喝酒 一边聊天 这些人中有我认识很久的 在国内就是同学 后来一起出国念书的 也有工作时认识的同事 还有生活中认识的知己 也有刚刚认识的新朋友

一直到晚上八点多 朋友陆陆续续地走了 剩下几个朋友帮我把杯子放到洗碗机 沙发放回原位 所有鲜花放在桌子上 都收拾干净以后也走了

我那天喝得挺多但是没醉 半夜我坐在沙发上 一个人 想这几年发生的事情 二十多岁时的日子

《黄——陪安东尼度过漫长岁月Ⅲ》里写 “我这一生按照自己的意愿 已经过得很精彩了 没有大富大贵但也不缺钱花 有很好的家人 莫名其妙认识了很酷的朋友 爱过 也被人爱过 觉得够了” 现在觉得不够 从 bunny boy（兔子男孩）变成 bunny man（兔子男人）想带你看看这个世界

［2014 年 5 月 16 号 大洋路］

去年深秋的时候 和卤猫 Hana 还有雁娥一起去的英国湖区 旅行的最后一站是剑桥 骑车划船了一天 到了傍晚 找了个摩洛哥饭店吃晚饭 吃到一半 Hana 和雁娥忽然发现没时间了 于是往车站跑 我们没来得及认认真真分别 也没抱一抱 我和卤猫到了火车站的时候 发现她们的车刚刚移动 然后我就在站台上追着火车跑 结果也没看到 和卤猫一起坐上回伦敦的火车 车上我们几个在群里聊天说 都没好好道别啊 觉得很难过 当时我说 要么明年来墨尔本玩吧

结果几个人都是行动派 今年五一就真的见面了

第一天我们一起去了 皇家植物园 晚上约了我墨尔本的几个朋友一起做饭吃饭 第二天租了车去大洋路 去之前在 Airbnb 上 订了阿波罗海湾的房子 因为我开车多过两个小时就很容易睡着 这次旅行我又

是唯一能开车的 所以所有长途旅行都穿插了 Airbnb 的住宿 这样子可以放慢节奏 不会太辛苦

我本来车技就一般 加上差不多两年没开车 所以他们来之前我都让他们买了旅行保险 这次还特意租了 SUV 的大车 将近三个小时的车程 一会儿阴雨绵绵 一会儿阳光普照 有的时候沿着山路走 一下子就豁然开朗 能看到一望无边的大海 我一边开车也一边小心留意 是否能在海面看到鲸鱼的身影

这次的房东 S 出差了 把钥匙留在信箱里 我停好车以后 我们四个都惊叹 这个房子似乎比网上的照片还要高级 房间的客厅正面对着大海 进门以后我打开暖气 因为太困了 不管三七二十一直接躺床上睡着了 出来的时候 卤猫在沙发上睡着了 Hana 和雁娥也已经睡了一觉

我打开电视 正在播放《老友记》 看了一会儿觉得没意思 这时候卤猫也醒了 大家似乎都不饿 就决定晚上不出去吃饭了 吃带来的吐司就着我们家阿姨做的酱牛肉 吃的时候 卤猫说 你们知道吗 一个人一分钟之内 吃不了一片吐司 我们不信 于是开始比赛 果然大家都失败了 我最快 也用了一分钟又十秒 最后一口的时候怎么也吃不了 吃了饭 我们找出来房东准备的棋牌开始玩 UNO（纸牌游戏） 其中有个规则是如果有个人出 0 的话 大家都要立刻伸手扣住它 扣在最上面的就输了 然后要多抽两张牌 也不知道怎么的 我总是最后一个

第二天去了灯塔 十二门徒石 也去了野生动物园 大家总结 澳大利亚的动物都不怕人 大家觉得可能是人见得少 也没受过人的伤害所以才这样 这时候 Hana 说 这边的狗一般也不叫 卤猫说 这可能是品种问

题 中华田园犬是比较喜欢叫的 说到这里他忽然想到一件事 他说 之前他遇到一只朋友家的狗 遇到他的时候就使劲地吠 声嘶力竭的 结果一下子岔气了 一直咳嗽 一下子气场就没了 真为它尴尬

回来的时候在雨林里穿行 这时候下着蒙蒙小雨 汽车里放着卤猫手机里的音乐 有王菲的《人间》 有徐若瑄的《姐 你睡了吗》 有日本植村花菜的歌 有碧昂丝的 *Halo*《光环》也有最近流行的 *Frozen*《冰雪奇缘》主题曲 *Let It Go*《随他吧》 卤猫像指挥官一样双手在空中比画着 四个人一起跟着音响高声唱歌 那是我最喜欢的时刻

[2014 年 5 月 17 号 *40 Day Dream*（《40 天梦境》）]

从前有个小朋友 吃跳跳糖 把自己跳哭了

[2014 年 5 月 29 号 *The Lighthouse and The Whaler*（《灯塔和捕鲸船》）]

在韩国买了好多 红参精 每次累了 倦了就吸一管 相信爱 只是不想找了 自己不够好找不到 找到也留不住 南半球的人怎么就不是大头朝下生活 这件事又开始困扰我了 电影的版权卖了 等着看电影《二人饭店》的漫画在做 特有意思 很期待 8 月去北欧 一百五十个俯卧撑每天

[2014 年 6 月初 又来皇后镇]

从墨尔本到皇后镇只有三个小时的行程 但是不知道是因为飞皇后

镇的航线不多 还是因为我赶上了假期 往返的机票要六百多澳元 有次我飞回国才用了八百澳元

飞新西兰的前一个晚上 我和琳 和文森去机场接从上海飞来的阮 他坐马来西亚航空的飞机飞来 来之前我们都担心他飞着飞着就没了 但是阮本人很乐观 他说 经历了那次事件以后 马航的服务一定好得不得了 只可惜他是马航事件前买的机票 如果是之后买机票一定更便宜

等阮的时候 我在查第二天去新西兰的机票 我看了下 上午十点出发 下午三点到 我一想不对啊 墨尔本离新西兰这么近 怎么飞也不需要五个小时啊 又看了回来的机票 只要一个多小时 觉得自己是订错了机票 趁阮还没来 赶快去楼上问事处咨询 找到 Jetstar 客服 我说我买了明天飞去皇后镇的机票 不过似乎出了问题 飞过去要五小时 回来就一个多小时 客服好奇地皱起眉头 说预订的单子给我看看 我递给她 她看了后 对我说 这是因为时差啊 我一下子没反应过来 她说 你知道 新西兰和澳大利亚是两个国家是吧 我说是啊 她说对啊 我们这里和新西兰有两个小时时差的 而订单上显示的都是当地时间 所以才这样 我觉得丢人 说 哦 谢谢你 转头就走

后面的文森和琳乐开了花 这时候我又忽然想到 新西兰和澳大利亚既然是两个国家 那我现在即使有澳大利亚绿卡 想去新西兰的话是不是还要签证 我问文森 他说他也不知道 他说 如果需要签证你才丢人呢 我之前有个朋友 就是想去台湾玩 机票都订好了 去墨尔本机场准备飞的时候 才知道即使大陆人去台湾 还是要签注的 所以整个行程都泡汤了 他立刻帮我查了下 说是澳大利亚人和新西兰人都可以随时去对方国家工作 生活 这我才放心

阮比我们预期的晚了一个小时才出来 样子也没怎么变 坐了十多个小时飞机看起来还是很精神 我问他飞得怎么样 他说 马航真的是糟透了 本来降落到一半了 然后说是机场要降落的飞机太多了 只好快速地飞高 各种颠簸 他说 我以后再也不会坐马航的飞机了 过了一会儿又说 不对 我回去的时候还是要坐的 然后傻笑

第二天一早我们就从墨尔本出发 飞了三个小时来到皇后镇 出了机场 阮说 在上海待了太久了 突然呼吸这种新鲜的空气 我都有点受不了

我们租了一辆车 开到小镇上 在湖的另外一边

按照 GPS 找到湖边的小屋 按照房东的指示我们在楼梯下找到邮箱 按照密码打开 拿出了房门的钥匙 房东特意帮我们开了空调 虽然外面很凉 屋子里却很暖和

晚上开车去市中心 按照房东写下来的信息找了个不错的饭店 然后就四处溜达 晚饭前在湖边吃了鱼薯 老板娘是毛利人 态度很不好 吃海虹的时候 阮去要叉子 老板娘笑说 要叉子 你手不能用啊 crazy boy（疯狂的男孩）

尽管老板娘态度不好 但是那个鱼薯真的太好吃了 还有蒸海虹 吃了以后第二天还想去 让我想起来美国有个卖热狗的小车 老板娘是美国黑人 对所有客户都骂骂咧咧的 但生意出奇地好 可能一个道理

皇后镇的美 我这里也不多说了 不多说不是不用多说 而是我形容不来 也是用手机或者单反捕捉不到的美丽 所有的形容都显得单薄 因为正好赶上秋季 季节更换 所以能看到各种各样的绿色 各种各样的黄色 红色 紫色 湖水又是蓝色的 特别脆的蓝 好像拍一拍水面 就会裂开

自始至终都没见到房东 我发消息给她说 谢谢你的款待 一切都很好 谢谢你准备好了火炉给我们 她回复消息说 很开心你喜欢 最近温差特别大 出门记得带一件厚衣服

今天早上我和阮出门 坐了快艇 下午回家 出去绕着山走 走了二十多公里 我们在山上休息的时候 我看着湖对面的景色 忽然想到《云治》故事里 echo 描绘的画面 坐在那里 似乎置身那个世界 想到了鹿男 忽然一下子湿了眼睛

这座城市美得不真实 它不仅仅是能用“像画一样美”来形容 它的这幅画上面一定还加了糖霜 施了魔法 才会有我眼前的这番景色

第二天早上起来以后觉得 清晨比昨天还要冷 今天约了运动飞靶 十一点的时候 打靶的教练到皇后镇车站接我们 上车的时候 已经有两个游客坐在里面了 女生是亚洲人 男生是澳大利亚人 和他们打了招呼 我们就坐到了后面 上车以后阮开始问教练一些关于新西兰枪支的问题 教练说 之前在新西兰 每种枪支都有编号和证书的 后来改了 每个持枪的人 都要有特别的执照才可以使用 他说他要负责上子弹 开保险 做介绍我们才可以在新西兰射击

到了射击场 教练先给我们看了今天用的子弹 它是一种绿色的塑料子弹 后边是黄色的金属 上面印了字 前面部分 装了四百多颗小子弹 每次扣动扳机 子弹飞出去 那些小子弹会散开 如果飞靶在子弹散开区域里被击中以后就会炸裂

我们学习了四种飞靶 一种是从对面直着飞来的 一种是从身后飞

向前方的 一种是从侧面飞过来有个抛物线的 还有一种是从地上滚出来 像个兔子一样跑去另外一边的

每一种飞靶打四发子弹 加上组合的 一共二十四发 教练说 如果打个位数的 就得走回家了 没有车送 我二十四个飞靶 打中了十八个 教练说很不错 以后注意打的时候 要看着飞靶 而不是看着枪端口的准星 就会打得更好了

中午开车去了箭镇 在名叫藏红花的西餐店吃了午餐 饭后看到朋友双吉推荐的鹿肉派 可惜眼馋肚子饱 而且有很多人排队就没买

《指环王》有很多场景是在箭镇取景的 我们准备爬山 地图上说这个行程是两小时 进入森林以后 我发现太冷了 直打哆嗦 只好回去镇上买了羽绒服

上次来到这个小镇的时候 导游安排我们在河里淘金 每个人拿个铁盘子 把河里的泥铲进盘子里 然后在流动的水里一点点筛 找金子 我是什么都没找到 只是双手摸了这里的金沙 也变得闪闪发光 和我们一起去的一个美国女生 淘到火柴头那么大的一粒金子 导游说 她可以去对面酒吧换一杯啤酒了

当时那个场景我念念不忘 想说这次去皇后镇一定要好好淘金一下 我们爬到半山我忽然想起来这件事 山上有小溪 我就蹲在一边用手抓一把沙子在那里淘 没有 又反复抓了好几次 因为这里的小溪都是从雪山上流下来的 特别地凉 后来我的手都冻得没感觉了 阮催促我要继续赶路 否则等下太阳下山也走不出去 可是我还想淘几下 后来忽然警醒

不能这样啊 这么贪婪 我要变成咕噜的 然后我们就又上路了

随着山的高度的变化 植被也随着改变 有种一个半小时 经历了春夏秋冬的感觉 下山的时候我们走错了路 跑到山的另外一边 能踩的地方只有一个巴掌那么大 下面就是陡峭的山谷 就是这样我俩也硬着头皮爬了三十多米 后来觉得这实在不像人走的路 这样下去太危险了 然后又开始往回爬 这个时候我有点害怕了 还有一个多小时就要天黑 这深山老林的 如果不及时出去 就出不去了 好在最后找到了正确的回去的路 原来是我们去看蘑菇的时候离开了大路所以才走丢的

晚上开车回皇后镇 我觉得我开车的技术越来越好了 之后在山上看了毛利人表演 Haka（哈咔舞） 我觉得充满正气 和积极的能量 晚饭在 Airbnb 房东推荐的日本餐馆吃的 果然特别正宗 非常舒服 回家以后又点上火炉 今天晚上卤猫 Hana 还有雁娥就要往墨尔本飞了 明天回去墨尔本和他们会合 开始我们新的 澳大利亚的旅行

[2014 年 6 月 5 号 想去简 · 奥丝汀的小说里 当个做饭的]

昨晚贴了牙贴在床上看书 要贴半小时 准备拿下去就睡 因为之前喝了点酒 看着没多久就睡着了 半夜咳嗽咳醒 发现上面牙贴还贴着 下面的已经进嗓子里了 想想也挺危险的 下楼吃了个橘子把它给顶下去了 上阵子就浪得不知道该怎么好 过了那阵子不洗脸刷牙就想睡觉 Antone Creative 的办公室找好了 7 月开始

[2014年6月13号 从早上开始]

我不是 一定要你回来

[2014年6月中旬 罗马假日]

[0]

早上四点钟起来 从钟楼出发 因为我的航班太早 还没有 Uber Peter 帮我订了便宜的无照出租车

在出租车上我实在困得不行 先后睡了好几次 到了机场以后 司机问我要不要去帮我拿个推车 我说不用了 谢谢你 日安

很顺利地上了飞机 这次选的是英国航空公司 飞机上有很多印度人 坐下以后 我把大衣脱了披在身上 系上安全带以后开始睡觉

两年前 我有个习惯 飞机从滑行到起飞这段时间 可能是之前看的某张海报或者电影什么的 我觉得这个过程飞机很可能会爆炸 这让我觉得很兴奋 心里会默默想着要炸了要炸了 当然这愿望从来没有实现过（谢天谢地）飞机总是能安全地飞入平流层

这一两年 有了新的习惯 进到机舱里只要一坐下来就觉得困 飞机起飞的那段时间 几乎是必睡无疑 我在飞机上睡醒以后 一看外面 怎么还在跑道上 这时候广播传来机长声音 他说大家好 飞机上有一位女士害怕坐飞机 现在我们要驶回登机桥 希望大家不要歧视这位女士 这种事偶尔会发生 想必你的家人和朋友里也有这样很怕坐飞机的 希望大家谅解 如果有个别旅客有意见的 到达罗马后可以来找我

然后飞机开始往回飞 这时候有个印度人站起来往出舱口看 我想他可能是想看看那个女的长什么样子

这时候机长广播说 根据空乘的反馈 大家的情绪都还稳定 谢谢大家的理解和支持 希望大家不要担心 他会抄近路 加快速度 我们不会迟太多 结果真的 飞机的飞行时间比预计少了四十分钟

就这样 我准时来到了意大利罗马

［1］

来罗马和那不勒斯之前 几乎每一个我认识的朋友都告诉我要小心看好自己的东西

澳大利亚朋友啤特说 你一定会喜欢那里 但是记得护照和钱分开放

意大利的朋友寨客和我说 你手表最好是不要戴了 在地铁上也不要和别人说话

英国的房东绍恩说 他之前在罗马丢过钱 对方一共有三个人分开作案 首先一个人在左边碰你一下 这时候第二个人在右边撞你一下 然后第三个人就把你东西偷走了

恒殊和我说 你们去那不勒斯 肯定会丢东西的 你回来以后告诉我谁的东西被偷了啊

公司来意大利旅行的人 加了一个群 这些人在群里讨论 更是吓人于是我整个人到了罗马以后跟上了战场一样 精神高度紧张 把手表放进包里 钞票放到一个包 零钱放到一个小包 护照和书放在一起 在罗马机场换了五十欧元 买了去市内的火车票 火车进入罗马市中心 那个火车站旧旧的样子 让我回忆起儿时坐火车的时光 意大利这边的接待人

员说 让我到了罗马以后给她打个电话 然后她安排在那不勒斯火车站那边接站

我找到了一个公共电话机 过去准备投钱打电话 这时候一个十七八岁模样的男的凑过来 我当时立马警觉起来 想说完了被人盯上了 立刻把放在电话上的墨镜 放到书包里 把书包放到旅行箱上 在身前抱着 他英文说得不好 和我说 打电话吗 你要投钱啊 说着他就指着电话口 这时候我已经投了五十分进去了 按说可以打电话了 但是没拨通 那个男的就开始敲电话机 然后和我说 没钱了 你得放更多的钱 我说没了 他还在和我说什么 我就不搭理他了 背上书包推着箱子就走 看他没跟着我 我就松了口气 又赶快去摸书包后面的拉链开没开

我看到火车站外面也有电话机 但是看到附近坐了几个像流氓的人 也没敢出去 最后 在火车站里破了钱 联系上蔚同学 准备上去那不勒斯的火车 至此几次不论是问路还是买票咨询 基本上对方都是爱搭不理的 和他们说谢谢也是面无表情 我的行李有二十四公斤重 我刚准备上车 忽然我前面一个意大利男生转过来 要帮我拿箱子 他没有很高大但是挺壮实的 我本来以为他就是要帮我拎一下 没想到他一下子把我箱子拎上去 我上了火车感谢他 他问我哪个车厢的 我看了下车票 正在读 他把车票拿过去看了下 笑着对我说这边 我跟在他后面想 可能我之前太紧张了 意大利小哥多热情啊 心情一下子好了起来 到了座位 小哥一下子把我箱子举起来放到了行李架上 我心里想 wow 再次感谢他 结果这时候 他一下子换了表情 伸出一只手在我面前 我心想妈的又被人盯上了 但是他确实也出力了 总比别人偷东西好 于是我就掏出来刚刚打电话剩下的硬币 有几十块人民币吧 放在他手里 他看了下 又伸手问我要 意思是不够 我想这人贪得无厌啊 然后换上一副严肃表情 开始坐下来 也不理他 他站了一会儿就离开了

他走了以后 我发现我订的这个座很高级 每个人都有很宽敞的空间 椅子是全皮包裹三段式 这时候列车员开始送上免费的饮料和茶 窗外忽然出现弥漫着云雾的山峦 由衷地感叹意大利好美啊

类似的景色我在奥地利也见过 但是奥地利的风景更透明 有种不食人间烟火的美感 意大利的景色美的同时又有人情味 这时候开始感到肚子饿了 刚刚在火车站 因为知道自己精神头不够用 连吃的都没敢买 等下下车第一件事就是买东西吃

[2]

出了火车站 意大利这边接待的 有司机在等我 他帮我把行李放到车上 汽车沿着山路前行 有的时候穿过黑色的巨大山洞 感觉像是会进入《千与千寻》的世界 就这样颠簸着 不知道什么时候睡着了 再醒来的时候 已经到了酒店 见到了意大利这边一直和我联系的工作人员 Tina 还有琉玄 公司其他的同事要明天才到 Tina 问我们饿不饿 说是先带我们去吃东西好了 去的路上办了电话卡 看到我们这次特意建的意大利旅行的群里 国内的同事们 已经在机场 准备出发了

Tina 把我们带到的饭店 在海边的阳台上 正对着的大海 刚好有游轮靠岸 我要了海鲜意面 琉玄点了海鲜拼盘 酒足饭饱后我们往回走 我一路从伦敦玩下来 衣服没洗 没熨 路过阿玛尼的店 正好在打折 就进去买了件白衬衣 睡觉之前和琉玄约了第二天一早一起吃早餐

早餐吃得一般 是很普通的酒店就会做的东西 不过水果倒是很甜 然后直接上来一壶黑咖啡 饭后我和琉玄出去溜达 给行人走的马路没有很宽 有汽车驶过的时候 要沿着高墙走 没走多久 就看到了果园 里

面结满了黄灿灿的 鹅蛋一般大小的柠檬 这时候 Tina 发来消息说附近有个展览馆里有个时装的走秀 问我们想不想去看 我说好啊

走秀之前 我和琉玄跑去楼上看展品 我很喜欢其中一些铅笔的素描 对景物还有人物的神态刻画收放自如 当这一切发生的时候 在想身处中国的我在做些什么呢

走秀开始了 Tina 的女儿也来了 她老公是意大利人 一位船长 女儿生得非常可爱 走秀的人 除了模特还有一些是亲戚朋友 以及街上"抓"来的女生 我觉得意大利的女生看起来都很美很健康的样子 有几位阿姨走起来也很有精气神 一脸一丝不苟又要强的样子

晚上 上海的同事们到了 我们一起入住了新的酒店 Grand Hotel La Favorita（拉费沃利塔大酒店） 这个酒店很气派敞亮 酒店的装饰用了很多的瓷砖 我学习室内设计的过程中 发现瓷砖是一个我非常不喜欢的装修材料 总觉得瓷砖这东西 用在其他任何地方都让我想起来洗手间 但是这个酒店不会给我这种感觉 酒店大堂还有我们的房间运用了大量的 二十五厘米左右的彩绘瓷砖 上面描绘着水果 鲜花的图案都是鲜艳的颜色 又很饱满 奇怪的是看起来也不觉得土豪 只是觉得欢快 非常地中海

［3］

乘船去卡普里岛 导游说如果天气好的话 我们就可以去蓝洞看看于是 我们坐船在岛屿之间穿行

意大利卡普里岛属于石灰质地形 岩石峭立 岩石间有许多奇特的岩洞 其中最著名的就是"蓝洞" 它被誉为世界七大奇景之一

蓝洞的洞口在悬崖的下面 洞口很小 我们只有乘坐小船才能进入 进去的时候整个上身都要趴下来 才不会碰到头

由于洞口的特殊结构 一方面阳光可以从洞口进入洞内 一方面又从洞内水底反射上来 因此洞内的海水一片晶蓝 神秘莫测 连洞内的岩石也变成了蓝色 故称“蓝洞” 参观蓝洞一定要选择时机 一要天气晴朗 二要在退潮的时候去 三要没有风浪 结果我们这次全中 真的非常幸运 进入洞内以后人变得很黑 海水却异常光亮 让我想到 *Life of Pi*《少年派的奇幻漂流》里面鲸鱼跃出海面的情景 这时候船夫哼唱起当地的民谣 多情的音调在岩洞里回旋 望着海面 婉转多变的蓝色液体 真的有种莫名其妙想跳下去的冲动 卡普里岛又被称作妖女岛 不知道我是不是中了妖女的咒语

上了岛 我们先找了地方吃饭 我注意到一点 在法国的时候每次吃饭都很正式 基本上是 前菜 主菜 甜点 咖啡 茶 这样的顺序 但是意大利这边就没有那么多的讲究 除了一两次和大区负责人一起吃饭的时候 大部分我们都是像 在中国饭店吃饭那样的点法 一下子点几盘意面 一个比萨 一份沙拉几个人分着吃 没有太多的规矩 吃得开心也舒服

饭后我们分开活动 我去卖烟的地方买了邮票 把写给我妈的明信片寄了出去 又在礼品店买了一个陶瓷的青蛙 路过 Prada 店 又想买件白衬衣 走进去里面没什么人 只有一个男服务员和女服务员 选了一件普通款式的 我觉得意大利这边做服务业的人的英语也都很好 沟通基本没有什么障碍 那个男生进去帮我拿衣服的时候 我和女服务员聊天 她问你们从哪里过来的 我说中国 来这里玩一周多 这时候我发现他们的落地窗正对着卡普里的港湾 能看到郁郁葱葱的植被和蔚蓝的海水 我和她开玩笑说 你们可能是全世界最好的 Prada 了 她笑说 对啊 在这

边工作两年了 到现在 外面的风景也没看够

［4］

庞贝古城 是亚平宁半岛 西南角坎帕尼亚地区一座历史悠久的古城 离罗马约二百四十公里 位于意大利南部那不勒斯附近 维苏威火山东南脚下十公里处

始建于公元前 6 世纪 公元 79 年毁于维苏威火山大爆发 庞贝在当时属于中小城镇 由于被火山灰掩埋 街道房屋保存比较完整 从 1748 年起考古发掘持续至今 为了解古罗马社会生活和文化艺术提供了重要资料

我们的导游是个四五十岁的风趣的意大利人 他听说小四是中国很有名的作家以后 就邀请小四一起合照 合照之后他又给我们看他手机里的照片 他说他当导游这么多年 见过很多名人明星 比如克林顿 莱昂纳多·迪卡普里奥 还有布莱德利·库珀 他讲解的方式充满风情 会说你看这一家 之前是商人 门口上的这些字意思是说 “钱 欢迎你” 他和我们说被火山爆发摧毁前 庞贝的城市化程度已经非常高了 在这里你能找到商店 洗衣房 剧院……

离开那不勒斯的最后一天 我们去看了维苏威火山 它是全世界最著名的火山之一 位于坎帕尼亚平原的那不勒斯湾畔 最近的一次喷发发生在 1944 年 是欧洲大陆唯一的一座在近一百年内喷发过的火山

从山下到火山口只能徒步 火山口边缘有铁栏杆围着 防止游人发生意外 站在火山口边缘可以看清整个火山口的情况 火山口深一百多米 由红褐色的固结熔岩和火山渣组成 从熔岩和火山灰的堆积情况还

可看出维苏威火山经历了多次喷发 熔岩和火山灰经常交替出现 尽管自 1944 年以来维苏威火山没再出现喷发活动 但维苏威火山仍不时地有喷气现象 说明火山并未“死去” 只是处于休眠状态 像一条沉睡的龙

[5]

关于意大利的吃的 其实之前我就早有耳闻

我的第一个大厨淘尼的妻子就是意大利人 我们之前在厨房做饭的时候 他经常和我说起意大利的旅行 总说他和妻子去意大利小镇时在当地卡车上买的水果 说那个桃子才是真正的桃子 甜得都不知道自己姓什么了 之后再也没吃过那么好吃的水果

有的时候我们做 pizza 他说 真正的意大利 pizza 皮很薄的 也不像我们澳大利亚这边 放这个 放那个的 弄很多东西 意大利的 pizza 就是调制过的 番茄沙司做底 上面放莫泽瑞拉起司 basil（罗勒）叶子 淋上橄榄油或者辣椒油 原味 好吃

从那时候开始 我就特别向往 意大利的美食之旅

关于这次 意大利美食的体验 如果只是写 “怎么会这么好吃” 是不是显得太没有文化 但是真的是太好吃了 一连吃了十天也不会腻 不像在法国的时候 过了五天我们就开始抢小西的方便面吃了

而且我也没有觉得那不勒斯像我朋友形容的那么不安全 偶尔有那么一两次 夜里我睡不着拉着李安陪我去海边走走 半夜有喝醉的青年回家 看到我们会点头说 Ciao（你好） 公园里面有恋人 见到我们就害羞地走开了 而且这边的人也很好说话 我们去火山那天 山底有收费的公共厕所 我下山以后去上厕所 这时候发现零钱不够 和收费的人说 你

等着我去问朋友要一些零钱 他和我摇手说 不用了 你进去吧 一路上不论是当地的接待或者领导 我们的司机 酒庄或者庄园的老板 每一个人都和蔼可亲 非常热情

我觉得 那不勒斯是一缕明黄 和他们那里盛产的鹅蛋柠檬一样 现在回想起来后悔当时没有鼓足勇气 跳进海里游泳

［2014 年 6 月 23 号 如履平地］

妈妈来电 说儿子啊 以后样书不要寄学校了 妈妈退休了 再有样书直接寄到农村的家里吧 否则妈妈每次去学校拿不方便 小时候 我爸出差 也没有亲戚来照顾我 每天早上我妈总是拉着我快速地赶公交车 把我送去托儿所再去上班 我被拉着一路小跑 小朋友都说我妈是飞毛腿 三十六年教龄 孔老师辛苦了

［2014 年 6 月 25 号 *Another Love*（《别样爱情》）］

那些相信 百分百恋人 一见钟情 白头到老 的人 会比较幼稚和不切实际吗 我觉得不见得 也许他们只是比我们更勇敢一些罢了

［2014 年 6 月 26 号 Mer mer merr］

昨天晚上 做了一个关于眼睛的噩梦

梦里我在初中或者高中的教室里 坐在前排靠门的位置 我的同桌是我现实生活中一个朋友 （但是醒来以后 怎么也想不起来是谁了）

我们坐在教室里 老师正在讲课

这时候我就开始觉得不舒服 觉得身体很虚弱的样子 然后就控制不住开始咳嗽 越咳越厉害 用手挡着结果咳了一手血 这时候觉得嗓子眼里似乎有什么 使劲咳嗽 结果有个软软的东西从嘴里吐出来 仔细一看原来是我的眼球

我当时很慌张 端着这个眼球给我同桌看 他看了以后吓得吐了出来 这时候 全班同学都在看我 有的表现得很惊讶 有的表现得很恐惧 我当时心里很难受 倒不是因为我成了那个样子 尽管我也害怕 但是也默默地觉得 就算这样 也要坚持活下去 心里难受是因为 把我的朋友还有同学们吓成那个样子 因为我 要让他们经历这些

后来我就一边流泪 一边走出教室 一个人去了水房 水房也是我当年高中住校时的水房 有长长的马赛克瓷砖贴成的水槽 可以洗衣服 洗饭盒 洗手 我去了那里 打开水龙头开始洗脸 洗手 因为上面都是血 边洗边看镜子 发现左眼已经瘪下去了 这时候手一滑 手里的眼球掉下去了 低头才发现水槽里满是 剩饭剩菜 我找不到我的眼球 可能早就掉到下水道了

正在这个时候我醒了 发现是噩梦一场 觉得很累 去上了个厕所 看看镜子 两个眼睛都在 喝了点水回到床上 我奇怪这个梦为什么会这么清晰 想着要不要去百度一下这个梦代表什么 结果就那么躺着 又睡着了

然后就又回到了那个场景 我还在洗脸 看着镜子中 只有一个眼睛

的自己 变得特别憔悴 这时候也不会觉得 多么难过 还是觉得 要好好活 一切都会好起来 当时梦中的自己幻想说 说不定那颗眼球会被科学家捡到 他也许可怜我 会把那颗眼球变成 会飞的电子眼 我走到哪里它就跟到哪里 帮我看附近的东西和状况 生活也会一切顺利

想到这里又默默开心起来

不知道什么时候 又进入了更深的梦乡

［2014 年 6 月 29 号 有个女演员 我一看她就出戏］

和小伙伴们去看 《变形金刚 4》 ——太难看了 看到一半就坐立难安 想离开又不知道怎么和朋友解释（不好意思在看电影时和朋友讲话） 强忍着看 看得我一肚子气 有种被导演愚弄的感觉 后来实在受不了 我小声和朋友说 出去等你们 然后站起来走掉了 出去以后 感觉好极了

［2014 年 6 月 29 号 我一直喜欢下雨天］

今天去看一个日本饭店的场地 老板想把一部分改成商店 要我们做个设计图 顶着风雨去的 骑车八公里 走路八公里 我推着自行车出门的时候 阿姨正在打扫 我说创业好辛苦啊 阿姨冷酷地说 也好 让你体验下人间疾苦 说得似乎我住天上一样 “亮儿 尽量别评价其他电影的长短 学会尊重别人的创作” 我知道了 妈

[2014 年 7 月 4 号 等爱]

早上起来 听着 *Only Love Can Hurt Like This*《只有爱情才会让我如此受伤》 把长围巾搭在脖子上 对着镜子走了几圈 一年里有五天能活得百转千回 心情激动 从里往外地开心的话 就能忍受三百六十天的浑浑噩噩 不咸不淡

[2014 年 7 月 5 号 高科技面前要光明磊落]

手机用了一年多 最近充电后两三小时就没电了 去苹果店 苹果男问我备份了没 我说有 他拿走之后五分钟回来 说你按这个再输入密码按这个 把你手机里的信息都删除 我给你拿个新的手机 我照做 他把我旧手机拿走 递给我个新的说好了 晚上在家捧着锃亮的新手机 尽管信息上传到云端之后和之前一模一样 还是觉得空落落的 但 服务真好

[2014 年 7 月 5 号 上坡]

今天有个很可爱的宝宝 奥礼卫丫到我们这儿拍照 两岁半 因为在车上睡着了 刚醒的时候一直哭 让妈妈抱 又得爷爷抱 死活不拍照 我都要崩溃了 好想和她聊聊 难道因为叔叔长得吓人 后来吃了我们很多巧克力终于平静下来（也吃太多了） 小朋友表情真好 走的时候她给我来了个飞吻 当时真想走过去把她抱起来亲一亲

[2014 年 7 月 9 号 也可能是下雨前在田间 散步]

爱情的感觉 应该是想触碰你的肌肤 又想拉住你的手

［2014 年 7 月中旬 海边的露天浴场］

我台湾的朋友把悉尼叫作雪梨 我理解应该是地域差异 后来我住在悉尼的山东朋友 也把悉尼叫作雪梨 说得我浑身别扭 后来我想好吧何必那么较真呢 毕竟雪梨 听起来似乎很好吃的样子

来澳大利亚之前 我一直以为悉尼是澳大利亚首都 后来 2000 年悉尼奥运会那阵子才发现首都原来是 堪培拉 我对悉尼印象最深刻的 和很多人一样是悉尼歌剧院 出国八年多 去悉尼也有五六次 也只去过一次悉尼歌剧院 仅仅是进去上了个厕所

我对悉尼印象不好 每次去市中心总是走丢 可能因为地形类似丘陵地带 没有那么平 所以城市建造得也是一圈圈的 不像墨尔本那么横平竖直 我经常走过几条街就又不知道自己在哪里了 捧着手机 google 地图像个白痴一样边走边看

前一阵子去塔斯马尼亚的时候一路上一直在看村上春树写的《悉尼！》 上周都在忙公司的事情 我 Jess 还有 Harry 在我家附近 图书馆后面找到了个小办公室 一共三层 水泥结构的有大大的阳台 房子是房东自己设计 建造的 他有自己的建筑公司 整个建筑虽然不大 简简单单的却很有设计感 空气的流通和采光都非常好 有阳光的时候太阳从连接二楼三楼的长条玻璃照进来 在楼梯上铺上了长长的一道道彩虹

选好公司的办公室 我就开始负责公司装修 室内设计的部分 Jess 开始设计公司 logo 牌子注册公司 申请税号 Harry 开始买摄影器材 安排现有的客户过来拍照

其实我平时脑子里不装什么事情的 但是如果有什么让我上心的事情我就会一直去想 这次自己的公司装修 因为要用三个人的钱 加上时间紧凑又要满足三个人的工作空间 接待客户 摄影棚拍照 产品陈列这些要求 同时要舒适 所以动了不少脑筋 有的时候会画图 并且在网上找喜欢的北欧家具 看竞拍论坛到晚上很晚

几周前啤特问我要不要一起去悉尼过个周末 说马克在悉尼订到了非常好的日本料理餐厅 他和凯伦周三就会去 公司在市中心给他们订了房间 我和他可以周五过去周日回 我想了下说 好啊

周四的时候终于安排好了所有的事情 在网上用喜达屋的会员卡订了海德公园边的 Sheraton（喜来登酒店） 啤特发短信给我说安排了车 早上八点来接我 早上七点四十五的时候他发消息给我说八点你下楼等我 黑色奔驰

司机帮我把行李放到车上 上车和啤特打招呼以后 我说 你竟然订了奔驰 好洋气啊 啤特说 那当然 旅行的开始和结束都要很优雅 我用这个公司的服务很多年了 比打出租车也贵不了多少

一个半小时就到悉尼了 出了机场很暖和 阳光也很好 和墨尔本的阴冷形成强烈反差 打车去酒店 安顿下来以后联系了凯伦在 GPO（悉尼邮政总局）门口见面 门口有个胖胖的女生在唱歌 唱得非常地好听 我心里想说哇 Adele（阿黛尔） 不过没好意思说出来 凯伦刚刚去吹了头发非常地美 她已经快要五十岁了 不过看起来就三十多 而且性格很好 像个小女生 经常马克说什么大尺度或者不得当的话的时候 凯伦就用高音制止说 马——克—— 我们三个在街边的越南小店吃了沙拉以后就出去溜达

我不清楚我们去的那个地方是什么区 之前没有来过 整个街道都很美 两边是维多利亚式的两层建筑 每家门口都有各种各样的花园 很多围墙也只到大腿那里 有的树 开满了花 花朵掉下来铺了一地的白

啤特一边走一边给我们介绍 凯伦说 感觉像是参加了那种有导游的一日游项目 她这么一说啤特来了劲举起手来说 亲爱的往这边走 不要落队 都跟上 因为他之前在悉尼住过一年 所以对这个区域很熟悉 带我们看了花店 展览馆 服装店 肉店 香水店 那个肉店很酷 只是站在门口看的话根本不知道里面是卖肉的 说里面在卖意大利来的高级定制皮具也有人相信 肉店的门把手是铜的 做成香肠的造型 里面的布置也非常地体面 空间很明亮 也不会有肉的腥味 里面工作的人都很美 穿着白大褂 像是医生一样 玻璃后面的屠夫拿着屠刀 认真地切下来一块块的眼肉 像是在动手术一样 那眼肉色泽非常地好 一看就是一头曾经有很快乐的一生的牛 然后我们接着走 在小小的葡萄酒商店停下来 凯伦说要去对面买耳塞 可能最近马克太累了 睡觉总是打呼噜 她晚上都睡不好 我和啤特走进那个小商店 里面工作的人看起来不到三十岁的样子长长的头发扎在脑后面 像是法国模特一样 他长得不是很美 但是眼睛蓝蓝的非常清澈 他给我们介绍了几款香槟和红葡萄酒 我和啤特一人买了一瓶 最后我们走进一家香水店 这家香水店里面的香水 不是我们一般在商场里看到的那些普遍的奢侈品 很多都是小设计师的牌子 凯伦和啤特在那里试 他们一边往胳膊上喷 互相闻 一边交流 我没有试因为我觉得没有比“大地”更适合我的香水了

晚饭预约在八点 六点多我们去马克和凯伦在市中心的公寓喝酒没想到克瑞斯也来了 克瑞斯是啤特的朋友 我们在墨尔本一个晚餐的聚会见过一次 他有一米九三 非常地高大 头皮光亮得像是鲸的肚皮 却

有浓密的大胡子 明明是白人 胡子却像阿里巴巴的一样 上次我们一起聚餐的时候 他就和我说 安东尼你来摸摸我胡子 手感可好了 这次再见到他 很意外 他是做金融工作的 原来公司把他调到悉尼这边来了 我上去和他握手 亲脸颊 因为他太高了 我没有什么和比我高的人亲脸颊的经验 结果一下子踩上他的鞋子 脸是蹭上了 整个人也扑到他身上 我觉得好尴尬 赶快给自己倒了杯酒 一饮而尽

后来的晚餐 没有我想象中的那么好吃 倒是做葡萄酒生意的马克点的酒非常好喝 特别是有一瓶红葡萄酒 那个味道的我都没有尝过

后来喝得太开心 但是因为觉得没吃爽 我们决定第二天 订那个很流行的中餐厅的家常便饭

回去酒店 刷牙以后我倒头就睡了

［2014 年 8 月初 海边徒步］

第二天早上起来 啤特已经躺在床上看新闻了 看我起来了 他问你睡得好吗 我说一般 酒店的这个床好小啊 感觉一翻身就会掉下去 这么好的酒店 双人房竟然不放两个双人床 真掉价

我问啤特早餐去哪里吃 他说我们去 Surry Hills（沙梨山） 那边有很多很好的早餐店 我说好 我去楼上游个泳下来我们就走 酒店的泳池和健身房在酒店的最高层 我之前住酒店没有游泳的习惯 直到我在 Westin 酒店行政酒廊工作的时候 遇到游泳后回房间的阿信 他当时穿的短裤 头发还是湿漉漉的 披着酒店的浴袍在等电梯 那时候我忽然觉

得在酒店游泳是一件很洋气的事情 之后每次出去旅行有两样东西一定会带着 一个是小黄鸭一个是游泳裤

更衣室外有个小阳台 我脱下衣服出去看了眼 这里的风景很好 能够看到整个海德公园 天气也不错 有很好的阳光 不过毕竟是澳大利亚的冬天 还是凉凉的 带着这股凉劲 我直接跳进游泳池也不会觉得太冷 游了十几圈慢慢人多了起来 有两三个身材粗壮的毛利人很大声地开着彼此的玩笑 我在蒸汽房坐了一会儿 冲了个澡就下楼了

其实 Surry Hills 离我们酒店不是很远 走路半小时就到了 因为我们太饿了所以叫了一辆出租车 下车后发现我们想去的那个早餐店已经坐满了人 外面还有等位的 啤特说要等吗 我说 要么我们去别家吧 我太饿了 刚刚又游了泳 等不了了 然后我们顺着小山往下走 我觉得悉尼的道路真是宽 走在上面就有种在异国他乡的感觉 和墨尔本很不一样 墨尔本的街道 往往都很窄 有很多的单行道

后来我们去的饭店叫 Rustic Pearl 点了咖啡以后找了个靠窗的位置坐下 这个饭店里每一张桌子的桌面都不一样 我们这个桌面是白色底有蓝色花纹 有一道阳光从外面照进来落在桌子上 有一种隽永的感觉

装水的瓶子也很特别 每个瓶子都是细颈圆口 上面用一种水果盖着 有苹果 橙子 柠檬 青柠 早餐非常爽口 吃完饭以后我和啤特决定溜达回去

回酒店换上了运动的衣服 我们去 Town Hall（市政厅）找凯伦和马克 他们已经在那里等着了 本来昨天吃完饭的时候 马克还说 他要

去健身房不要去徒步 没想到今天他还是来了

徒步从大桥下开始 沿着海边走 在树林里穿梭 上上下下 他们三个都穿着运动鞋 短裤或者运动裤 我因为懒 没从墨尔本带运动服和鞋过来 穿着布长裤还有帆布鞋 马克走在第一 啤特第二 我后面是凯伦 马克和啤特边走边聊 我和凯伦没有那么熟 也不知道聊什么 多多少少有些尴尬

经常有人从对面走过来 也有跑步的 有的时候我们就会停下来 或者他们停下来 让对方先过 还会打招呼说 你好 我很佩服马克和啤特的体力 他们都四十多岁了 爬起山一点也不喘而且速度特别快 我们都走了五公里了 他们还是很快 我们在一个山头停下来 喝水 下边的海水非常地蓝 对面就是海滩和高级住宅 墨尔本很少有这样漂亮的海滩

走到八公里左右的时候啤特慢下来 我和马克走到了前面 啤特和凯伦在后面走 越走越慢 已经看不到了 马克一个人走在前面 我想了下干脆快走好了 这样也许啤特他们也能快点 我又饿了 但是没想到我和马克走得太快了 后来我们找了个地方等 结果他们怎么也不过来 之后反应过来是我们走散了 可能他们已经走到前面了 然后我和马克就开始小跑 跑了一段路 在一个长椅上捡到一个苹果手机 后面还贴了一个银行的 ATM 微型卡 手机的屏幕是一个一家三口的合照 马克捡起来说我们拿着吧 估计等下他们会打电话过来 后来我们又走了很远才和啤特他们会合 告诉他们我们捡到一个手机 啤特说我们去海边找个地方吃饭 那里有个警局 可以把手机留在那儿 结果走着走着 那个手机响起来了 对方说过来我们这边拿手机 我们在轮渡站这里等着 来拿手机的是一个年轻女生 她不是手机屏幕上的人 可能是朋友吧我想 道谢以

后就拿走了 也没看出来多激动 可能打心眼里觉得这个手机不会丢吧

在海滩边找饭店 今天阳光很好 有很多男生光着膀子 赤脚在街上走 我觉得像我朋友说的 悉尼男生的身材比墨尔本男生的好很多 不过没有墨尔本的男生会穿 看了一个个年轻又结实的身体 心想着回去还是老老实实锻炼吧 中午吃了鱼薯条 下午坐了轮渡回酒店 在轮渡上能看到达令港还有悉尼歌剧院 我觉得悉尼歌剧院没有我想象中那么大 但是建筑本身还是很美的

晚上我们几个人 还有克瑞斯一起去吃家常便饭的晚餐 晚上七点开门 我们六点四十到的时候 外面就开始排队了 还好我们有预订位置 这顿晚餐吃得很舒服 有烤鸭配蓝莓做的酱 有炸鸡蛋 还有饺子 我们都觉得这顿晚餐比在日本饭店吃得特别贵的那次还要好

晚上穿过海德公园回酒店 我第一次觉得悉尼也不错 真的和墨尔本很不一样 不过是另外一种美 好吃的也很多 心想有机会还要再来

［2014 年 7 月 11 号 狗如果喜欢一个人 也会做 down dog］

上课时因为温度高 活动强度大 经常有男生把上衣脱了 露出砖头一样的肌肉 还有浓密的胸毛 我基本上都是短袖长裤的 但是最近注意吃喝 又加强了锻炼 已经变成了中国男模身材 今天上课也脱了 觉得害羞 又好爽 > <

［2014 年 7 月 21 号 Does cold bother you（寒冷会打扰你吗）］

上课的时候 有的时候要做很难的动作 比如两只手撑在地上 把小腿架在胳膊上倒立 做这个动作很容易紧张 而且需要很多核心力量 经常我们在吞吐呼吸准备的时候 老师就会在前面一本正经地说 “Let it go” 这个时候我都会脑补 老师穿梭在我们之间 披着紫色斗篷高歌的样子 然后整个人就掉下来

［2014 年 7 月 24 号 开往春天］

墨尔本现在是冬天 晚上很冷 在电车上站着回家 对面坐了一对七八十岁样子的老人 妻子发现丈夫的手凉了 把围巾拿下来帮他焐手……我得回家喝一杯

［2014 年 7 月 25 号 Hurricane（飓风）］

S：我喜欢上一个男生
A：嗯
S：特别帅 我想起他的样子都要 浑身颤抖
A：嗯
S：不过他好像没有那么喜欢我
A：嗯……你可以想象下他大便的样子

［2014 年 8 月 4 号 春天的时候 去野餐］

有一些朋友 不但与你相依为命 还在四季流转后 带着你看另一个

世界

［2014年8月22号 **香槟瓶子里肯定有问题**］

和好朋友一起喝酒 喝了很多 就想起你 找到 你的名字 写了消息却没发出去 没发出去这件事本身 吓到我了 没想到我那么在乎

［2014年8月27号 **我在想 这是你长大的地方**］

去柏林的大巴上 路过大片的向日葵田 想到我小的时候 在想 恋爱一定对肝好 因为谈恋爱的时候 眼睛会 亮

［2014年8月28号 **兜里揣着一个小金橘**］

我这么可爱 你都察觉不到 我想 你可能是猪吧

［2014年9月7号 **夜晚的城市 像是星空**］

自从家里把大连市内房子卖了 在农村买了地和房子 爸妈就不太愿意回市内住了 最近好几次 我都是在大连机场一落地 立刻被接去农村 变乡下小孩了

［2014年9月10号 **我有个朋友 喜欢戴眼镜的男生**］

出版新书的时候 出版社会免费寄给作者二十本《黄——陪安东尼度过漫长岁月Ⅲ》的新书一直在上海放着 今天回大连过节 正好箱

子空 就装了十几本回去 过安检的时候 检查员盯着屏幕问我 先生 你箱子里是现金吗 我愣了下 说 是现金就好了 她笑

［2014年9月13号 换了 天空的手机屏保］

万尺高空 蓝天白云 是我的生活 和你于街边饭店 痴心说笑 慢慢吃喝才是我的梦

［2014年9月14号 贱］

想 把你删掉拉黑 又怕你联系我我收不到

［2014年9月15号 鸟自由自在］

从前有个被上面的人眷顾的小朋友 生活方面都像散仙一样 可是一恋爱 就变成了狗

［2014年9月16号 少爷 精灵古怪］

前一阵子 在丹麦的时候 我和陈晨说 我微博那个V旁边的皇冠变白了 我已经升级成 白金级会员了 他翻了个白眼说 你是真的傻还是可爱 那个白了说明你微博付费过期了（尽管我也不清楚 不过期又能怎样）…… 今天收到微信说 有人帮我续费了 又变红了 不认识你 不过谢谢你

［2014年9月17号 静安和新乐］

和中介讲好中介费和房租 今天他打电话过来说 你装修的房子几个客户见了照片之后都要租 房租我可以给你租出去更高 中介费也多给我一点行吗 我说不行 房子只适合一个人住 租太高我不好意思 他说那些老外有钱又喜欢你的房子 租高一点嘛大哥 我说 不行 他说 大哥你怎么这样呢 没遇到过你这样的啊……

［2014年9月18号 其实也不是］

我也喜欢唐僧 但是又能怎么办 那些小妖精一个个对他跃跃欲试的…… 我只好放手了 谁叫我是女儿国国王呢

［2014年9月19号 Ipswich station（伊普斯威奇车站 ）］

从前有个小朋友 想把朋友圈里 所有发与苹果6新手机相关 的人都拉黑

［2014年9月24号 我也不想这样］

贱 贝 戋 价值低 每次心意已决的时候 你就又来拨乱心扉 然后就一而再 再而三地做不该做的事 说不该说的话 自然也就越来越贱……差不多要了结了 我要回墨尔本

［2014 年 9 月末 云上回想］

［1］

从上海出发去哥本哈根的前一个晚上 收拾行李的时候收到卡卡的消息 她说尼尼 明天在飞机上一定要把专栏写完啊 大家都交稿了就剩你了 你在飞机上写完 下飞机就能好好玩啦 然后发了个笑脸 我逗她回复消息说 坐经济舱 空间太小没法写……她回复了一个 哭的表情

今天一如既往地 一路飞奔到上海机场 大家已经在那里等着了 和好朋友一起旅行特别开心 其中有几个人 一年也见不到一次 只有通过旅行的机会才能碰到 我说我们每年在其他国家见一次 觉得很洋气有没有

把行李放到行李带上 服务员说 你们的休息室在 71 号 这时候我才发现我们被升舱了 我问负责人沈静是怎么做到的 因为每次旅行都是她负责组织行程 我们也一起玩了好几次 已经很熟悉了 她还是标志性地 幽幽地笑了一下说 我和他们说了一下 就给大家都升舱了 我心想沈静你太灵了 本来纠结着接下来的十多个小时要怎么熬 现在听说可以躺着去 整个人都年轻起来 北京出发的同事听说我们被升舱了 心里特别不平衡 说为什么啊 哪里美了啊你们 我们要去买小人儿

过安检的时候 李安在一旁和我说 卡卡跟我说在飞机上监督你把专栏写完 我立刻给卡卡发了消息 说放心吧 升舱了 下飞机就交稿

上了飞机就觉得特别困 睡了一觉起来发现已经飞了三分之一了 打开侧窗 外面壮观的云海映入眼里 厚重的 轻盈的 缥缈的 笃定的 层

层叠叠交叉组合在一起 这样看着忽然有失重时呼吸落了一拍的感觉 那云层被太阳照得发亮 但又不忍心不去看 于是眼睛被刺激得流出泪来

看到下面隐隐约约的 荒落的地表 不禁想起来之前一次次旅行 却不曾被记录下来的一些细节

爱丁堡

和雁娥 Hana 还有卤猫一路从伦敦坐飞机北上 最后来到爱丁堡 下了火车第一感觉就是 风好大好冷 冻得骨头疼 这个城市不能用美丽来形容 它是非常壮观的 其实我对苏格兰了解很少 平时更多了解的是伦敦 也看英国电影电视剧 如果说英国是一个有点腐气 又风度翩翩的都市少年 那么爱丁堡就是一个来自乡下的男人 他又受过很好的教育 心胸开阔 不卑不亢

我们把行李放到酒店以后就赶忙出门 想在日落之前好好看看这座城市 顺着石头堆砌的街道 往城堡走去 沿街有人卖苏格兰格子的毛衣和手套 街上的人大多穿着黑色 灰色的衣服 沉默地走着

来到城堡的时候发现已经关门了 看到一旁的苏格兰威士忌博物馆 我说我想进去看 那个是要买门票的 他们说可以陪我进去看 我知道他们对这个没有多少兴趣 就说算了 明天我自己来

往山下走 在广场上遇见了一个中国女生 她在这里留学 是我的一个读者 热心地要带我们去亚瑟王座上面看落日 爬上去之后 才反应

过来 这里是电影 *One Day*《一天》里的一个场景地 毕业典礼以后他们来到这里 男生问女生说 你叫什么名字 女生说 Emma 我知道 你叫 Dexter 我们见过几次 男生尴尬忽然又一脸稚气地笑了 他说 我送你回家吧

第二天我们早起 爬火烧塔 细窄的楼梯 有的时候 即使一个人也要侧着身子才能爬上去 开始的时候我们还笑着聊着天拍照 后来越往上爬越安静 忽然想到了《云图》里面的小本 他当时一个人爬上这个塔的时候是怎样的心情 恋人上来找他的时候 他那瘦小的身子 躲在柱子背后 那时候眼泪是否盈满眼眶 氤氲了落日斜光洒满的城 想到这里不禁心生怜悯 难过了起来 坐在某个塔尖那里 俯瞰这镇 景色太美连眼睛都不想眨 时间久了 流出了泪来

后来我们加入了旅行团北上去湖区 一路上在树林里穿行 偶尔路过破败的古堡和官邸 两旁的树木粗壮 被雨水滋养得变成了油油的深色 和澳大利亚植被截然不同 我们在尼斯湖边停下来 这里有一辆 老式蓝色大众面包车 上面挂满了各种天线 那蓝色经过风吹日晒已经发了白 导游和我们说 你看站在车前面喝啤酒的那个人 就是尼斯湖怪物的专家 他和他妻子住在这辆车里 每当尼斯湖水怪忽然又有个什么风吹草动 电视台就会把他请去访问 我们导游似乎认识他 走过去和他聊天坐在汽车的前门那里 一起喝啤酒

我们自由活动 卤猫和 Hana 一边大叫着 “好美啊”“How could you be so 美（你怎么能这么美）”一边拍照 我坐在长木椅上休息 感觉有点饿了 在想着晚上要吃什么 眼前的尼斯湖特别宁静 我是相信有水怪的 我觉得它可能已经在这湖里生活了几百年了 即便寂寞也变得

从容 它默默地在深水里睡着消磨时间 每一次眨眼 湖面便出现涟漪

回城的时候 天气变得很好 也不下雨 我们导游说 你们真幸运 我们现在走的这个地方 一年里有三百天都在下雨 这么好的天 让你们赶上了 他破例在湿地停下来 让我们下去拍照 那里空气太好 呼吸得很浅便觉得整个身体里都是氧气 心里想着这样的风景 以后应该也看不到了 拿出手机 找到你的名字 输入了“how are you”然后发送了出去

［2］

离开了尼斯湖 我们开始一路南下 第一个去的城市就是 约克 在去约克的火车上 我开始拿出笔记本写东西 卤猫拿出杯子和画笔开始画画 他画了一个我 我也画了一个他 雁娥安静地在一边看着 Hana 坐在窗边 往外看 每次火车驶过大片森林 或者有羊群的牧场 她都旁若无人地大声感慨 哇 哇 好美啊

其实玩到这个时候 我们身上的钱 都不多了 在约克住非常便宜的旅店 我和卤猫住一个房间 把行李放好之后 我们就出去找吃的 走了大概二十分钟也没有看到合适的 有些饭店看起来不错 但是觉得很贵 也没敢进去

后来我们在广场的旁边看到一个 干干净净的白色房子 看起来好像是布达佩斯大饭店大厅的那种感觉 我一看是印度菜 心想这个一定便宜 看起来又干干净净的 我问大家 印度菜你们能吃吗 大家问 印度菜具体吃什么 我说大概就是咖喱吧 大家一致表示可以尝尝

我们进去坐下 服务员过来帮我们点菜 他看起来很随意的样子 英

语似乎不是很好 我让他推荐了几个菜 然后自己又点了一些 关于菜单我有一些问题问他 他一下子也答不上来 我想干脆算了 碰运气好了 饭店里就我们一桌 那服务员走了以后就再也没回来 我们等了好久终于开始上菜了

第一道菜是 一个印度烤饼配鸡肉的咖喱 撕了一片饼就着鸡肉的汁吃起来 发现好香啊 这个应该是我吃过的做得最走心的印度菜了 以前对印度菜的印象是 一锅蔬菜和着肉与香料炖 炖到面目全非就是印度菜了 不过我们今天吃的这个印度菜真的很有灵魂 那个薄饼里面 混合了开心果碎末 吃起来特别对味 结算的时候发现价格不菲 不过也算值了

在约克只住了两天 然后我们就去了 小城巴斯 去巴斯之前我就听Hana 说那里可以泡矿物温泉 我特别喜欢泡澡 而且已经出来玩了将近三周了 觉得非常疲劳 所以很期待 巴斯是很规矩的一座城市 整整齐齐的样子 我们拖着箱子先去酒店办理入住 发现我们的酒店在一个很大的墓地旁边 那墓地深沉却不阴森 树木和青草都被修剪得规规矩矩 有各种大理石雕像 也有简单的墓碑 即使住在它旁边也不会让人觉得不舒服

傍晚的时候我们去市内 差不多下午两点去了巴斯的洗浴博物馆 原来巴斯这个地方 因为盛产矿物温泉 在古罗马时期就已经建造了浴室和疗养中心 展览馆展出了很多金币和珠宝 都是达官贵人洗浴时候掉下来 被冲到下水道里的 最大的一个浴池是露天的 被罗马柱包围着 有涓涓细流涌入 一旁简介上说 不论贫富大家都会来这边洗澡 当时的人认为 泡澡不但能清洁 也能净化心灵 去除疾病

从展览馆要出来的时候 有一个天然泉水的水龙头 导游告诉我们那个水是可以喝的 可能因为含有很多矿物质 喝起来涩涩的

之后我们就去一个 SPA 温泉里 自己泡温泉了 到了以后才发现买游泳的衣服才可以进去 我们大家都没带 那个 SPA 不便宜 泳衣也卖得很贵 这个时候大家开始意见分歧了 Hana 不想花那么多钱买泳衣 卤猫和雁娥想泡 意愿没有我那么强烈 但是也已经开始看浴衣了 我呢当时心想 无论多少钱都要泡上的 后来 Hana 觉得那些泳衣那么贵又不适合她 她以后也不会再穿 就决定不泡了 我说这样怎么行 我们大家一起出来玩的 要不我帮你买一件好了 她死活不要 可是我也倔强 死活要大家一起 后来雁娥说这样吧 我不泡了 去和 Hana 在附近逛逛 你和卤猫泡 泡好以后我们在市中心见面一起回酒店 我嘴上答应但心里不愿意觉得对雁娥很不公平 当时就想 不就是给 Hana 买件泳衣这么简单的事吗 Hana 也看出来我不是很开心 后来她们就离开了 我和卤猫上楼换衣服 我们买的门票是包晚餐的

在三楼冲了一下去露天浴池 这时候天色已经开始暗下来了 整个温泉池子里面的墙面都有蓝色绿色的 LED 灯打着 像是高层建筑上的一大块不会融化的冰 我和卤猫趴在泳池的一边 俯瞰下面的城市 我说如果 Hana 和雁娥也在就好了 卤猫说可能女生想法不一样吧 她可能没有那么想泡这个 又不想多花钱 我一想也理解 一头扎进水里 想让全身都浸在矿泉浴场里 后来我和卤猫在水里比赛憋气 好像是我赢了 吃饭之前 我们又去三楼冲澡 三楼的设计很独特 在一个巨大空间里 用不同颜色的灯划分区域 每个区域都有自己单独的花洒 有巨大如瀑布一般的水柱 也有热带雨林一样的花洒 还有细密的水汽 很有趣 泡澡以后浑身都很舒服 我们出去找到 Hana 和雁娥的时候 Hana 已经喝醉了 我想她心里应该很不好受吧 不过第二天我们就都好了 一起出发去剑桥

我小时候以为剑桥是一所大学 去了剑桥以后才知道原来是很多所大学一起为中心形成的一个城市 这座城市充满了年轻的气息 到处都是上课放学的学生 来自世界各地 我们每个人租了一辆自行车在剑桥转悠 剑桥里很多学生都骑车的 应该是校区间很便利的交通工具

最后我们在 剑桥的河上划船 觉得特别徐志摩 也特别“故园风雨后” Hana 和雁娥披着毛毯躺在船头 我们的船夫一边撑船 一边和我们聊天 后来他问我们要不要试一试 我说好 走过去接过巨大的杆子 他教我怎么往水里插 用怎样的手法拔出来 我照着他说的做 船在行驶但是很吃力 有那么一下 我使劲一插 因为太用力拔不出来了 这时候船还在往前走 眼瞅着杆子要掉进水里了 我弯着身子 使尽全身力气总算在最后一秒拔了出来 Hana 说 刚才太惊险了 没了那个杆子我们根本回不去 我说是啊 如果在剑桥这么洋气的地方 干了那么蠢的事 我估计也没脸见人了 可能直接跳水里 游回墨尔本了 他们笑

［2014 年 10 月 6 号 也许 还可以坚持下］

被分手的神伤 在两种情况下我会瞬间放下 一种是被更优秀同时我又喜欢的人追求 另外一种是 发现 那个人和丑八怪手拉手走到一起了

［2014 年 10 月 12 号 想过从此会一个人走］

因为对方的一个眼神 和几句表白 所以待在上海几个月 谈了场一厢情愿的恋爱 现在收拾好行李 在机场等飞机 既没有悲伤 也没有憎恨就好像考试结束后 往家走时的心情

［2014年10月17号 Lou Reed *Berlin*（卢·里德的《柏林》）］

做梦 梦里我在桌旁写字 你在做菜 切西红柿 我看不得你拿菜刀的手 心里想着 做饭这种事交给我就好了啊 反正我这么会切 但又不忍心说出来 怕辜负你一番好意 于是看着你别扭地拿着菜刀 左手指头又不扣进去 每切一下 我都紧张

［2014年10月23号 我经常10月回来］

再次回到墨尔本冬天已经过去了 在欧洲和上海住了三个月 回到墨尔本以后 尽管傍晚有点凉 但是太阳一出来的时候 心里还是能感觉到 夏天在靠近 觉得2014年这一年一直在夏天里

在欧洲的时候去了次柏林 我柏林的朋友正好也去别的城市旅行 她介绍了她的朋友给我认识 我们一起去喝酒 因为不熟悉环境 小柏林和我说的见面地点我没找到 去错了地方 他发消息过来说 我来找你吧 我自己就先点了啤酒 过了十几分钟 他推着自行车走过来 瘦瘦高高的样子 头发软软的 我们喝了几瓶啤酒 了解到一些关于他的事情 二十五岁 之前学服装设计的 现在在柏林一家 设计师品牌的店里工作 我说我住在墨尔本 他问真的吗 我下个月就要去澳大利亚了 打算去悉尼 我说墨尔本更舒服 他说好 那我要去看一看 后来他说 我住的地方附近有一段柏林墙 可以带你去看看

路上我尝试骑他的自行车 上去没骑出一米就差点摔下来 他笑说这个自行车已经坏了 只有他能骑走 第二天他要工作 用手机发过来几个我应该去看的展览馆 还有 柏林当地设计师品牌的服装店 临走前我

们又见了一面 第二次见面在有后院的餐厅 我们在后院的树下坐着 他点了面条我吃沙拉 谈了更多 从放假 柏林商场 到战争和爱情观 走的时候 他说 希望还能见到你 我说会的 你不是要来澳大利亚了吗

后来我就回了上海 因为一些特殊情况 打算在上海再住一个月 这时候收到小柏林的 WhatsApp 他说我到悉尼了 澳大利亚真好 然后发来一张他在草地上的照片 照片上 几只白色金刚鹦鹉踩在他的肩上 手上 后来他和我说他准备去墨尔本 我说那你可以住我家 问我朋友拿钥匙就好 正好 10 月里 我有 Airbnb 的客人入住 你可以帮我照顾他们 并看房子 你可以住我的房间 他说好啊 太好了

其间我们 不时地聊天 他告诉我澳大利亚的情况 新客人的入住 还有他找工作的经历 偶尔会发过来 他和客人一起出去吃饭的照片给我 有的时候他也会问我什么时候回墨尔本 说一个人在家住很没趣

我回来那天 他来楼下接我 见面就给了个大大的拥抱 说 欢迎回家 坐电梯上楼 一开房门 家里干干净净的 似乎和我三个月前离开的时候一个样子 桌上有一些客人留下的礼物 还有他自己画的一幅兔子的画 旁边写着 “安东尼 谢谢你的慷慨 让我住你家 很高兴能认识你 —— Bjoern” 我看到的时候很感动 说你住我家我也很开心啊 把家看得这么好 这些礼物 让你费心了 他说 我看你家里很多兔子 于是画了一个兔子男孩送给你 我笑

后来我们一起住 他找到了一个意大利女士鞋店销售的工作 他很干净也很安静 习惯很好 每天早起以后自己做早餐 又额外做一些三明治带去公司 午饭时间吃 有的时候我起床晚 下楼的时候能看到他给我

留的三明治和字条 说这是我给你准备的早餐

有的时候我们一起去看电影 或者去公园散步 前几天晚上他把衣服脱了 说你看 我来墨尔本以后都变胖了 可是明明我早上都有跑步的 难道在墨尔本呼吸都会变胖吗 我说 应该是你吃太多 他说我一直吃这么多的 我在柏林的时候也不怎么运动 最后他说我们晚上去跑步吧

其实在这之前 我早上和他跑过一次 作为大长腿的德国人 他真的很能跑 我这个人又特别爱面子 本来平时跑步 我就跑个六七公里 有次一口气跑到海边 实在累得不行 在海边走了走 最后打车回家的 这下可好 他像毛驴一样地在前面跑 我在后面咬牙跟着 跑到五公里左右的时候 他转头看着我 我说我要不行了 太久不跑了 他说你坚持一下 我们跑一圈 然后我死撑着和他跑到最后 一共十公里 嗓子都冒烟了 他已经大汗淋漓 我脑门儿出了一点汗 他说 回家我得先洗澡了 你看你都没出什么汗 我说我不容易出汗 他说 亚洲人真好 皮肤也好 也不容易老 也不爱出汗 我说 白人也好啊 他问哪里好 我想了想说 长得美 而且身材好 他笑说 我不觉得长得美 我喜欢亚洲人……我在心里说 这个德国人很奇怪

然后那天晚上 我就又陪他跑 我自作主张地说我们往海边跑好了 他说行 然后我领着他跑 因为有一段商业街 傍晚的时候人太多了 所以我就领他跑了一段别的路 结果左拐右拐跑丢了 好不容易跑到海边 已经差不多十公里 我说我们等下要走回家 他说 不行 安东尼你其实很能跑的 不能这么惯自己 你要挑战自己的 我们必须跑回去（我心想 你这个德国人） 我知道一条更近的路 跑四五公里我们就回去了（德国人好厉害 这么快就摸清了我家附近的路线） 我们在沙滩上 休息了一下

这时候天已经黑了 海面上有快艇驶过 我已经累得不想动弹又特别渴 他指着快艇和我说 你看 鲨鱼 什么时候鲨鱼还带灯了（德国人的笑话好难懂） 我没有理他 他又好脾气地接着说 你怎么不理我了 我们已经像老夫老妻一样没有话讲了吗 明明才在一起住了两周而已 我也是被他弄得没办法 说你想太多 他笑 后来一站起来 他就又开始跑 我在心里想 你这头小毛驴 但也硬着头皮跟在他后面 等跑到家的时候 已经跑了十五千米 我的衣服已经湿透了 他鼓励我说 Good job（做得好） 你看你也出汗了 比我还多 这才是运动嘛

我笑着 真诚地和他说 谢谢你 没有你逼我 我肯定坚持不下来 但是并没有和他分享最后三公里的时候 我几乎要一边跑一边哭的心情

[2014 年 10 月 25 号 外国的苍蝇很聪明]

上班一周了 周五的时候 Jess 问我周末有什么安排 说她们组了几个朋友打算去皇家公园野餐 周日下午一点 我说我没什么事 她说那也叫上 文森 琳 和其他几个朋友吧 我说好 晚上的时候 Jess 发消息过来说 对了 我们野餐的主题是黄色 每个人都要穿一点带黄色的东西 或者配饰 没有带黄色的人 要表演节目 我笑 说好

问了一圈 文森 琳 Harry 思弟文 钱还有 昭都来 周日早上 Jess 发消息说 她的好几个朋友 都临时有事 今天的野餐可能垮了 我说别啊 我都组了一圈人了 要么我们自己来吧 她说好啊 太棒了 我和 Ming 等一下去你家对面的市场买东西 要么我们等下在那里见 我说好 正好琳还有昭马上来我家 我们一起去市场买东西 然后开两辆车一起去 同时又打电话跟 Harry 说 你和思弟文直接去公园就好 不用买东西了 等下

我们会把地址给你 他问我是哪个公园 我说就我家和 City 之间那个大公园 他说好

我 钱 还有琳 在我家准备 本来想要去买一次性的杯子 但是我觉得不雅 就干脆把自己家的 Pantone 马克杯拿出来 琳帮我一个个包好放到纸壳箱里 又准备了塑料布 还有中东那条刺绣的床单 从冰箱里拿了冰 还有一些酒 钱穿了亮眼的黄色 Polo 衫 琳穿了一双黄色尖脚的鞋 我有一件黄色的毛绒上衣 不过觉得可能太热了 就没穿 从衣柜里找出来一条黄色手帕 穿在白色衬衣左边的扣子口上 绕了一圈 再穿过另外一个扣子口 看起来像一条领巾

在市场和大家分别买了 熏肉 奶酪 面包还有一些蘸酱 因为地点是 Ming 定的 Jess 和 Ming 开一辆车先走 我说你们到了以后发一个坐标过来 然后我们出发 我们剩下几个人坐 昭的车 她也从家里带来一包吃的

上了车以后 我就开了微信让 Harry 和 Jess 分享即时地址 发现 Harry 去了错的公园 赶快打电话给他抱歉说可能地址我没说清楚 让他跟着 Jess 走

眼看着 Jess 的坐标显示已经走到了公园里 后来又一点点移出来 打电话给她 她说公园里今天可能有活动 都没有车位 可能要停出来 在 St Kilda（圣科达街） 我们相遇 我说拿的东西太多了 我们还是往里面走走看看 最好停里面 你们跟着我们走 然后我们的车就开在前面 这时候 Harry 已经从地图上消失了 不过我也不担心 Harry 是个让人踏实的人 怎么样都能找到我们 开出一段路 Jess 的车已经停下来了 我们估计她们找到了停车位 这时候我们就绕着公园边缘开 好多车都在缓

慢地滑着寻找车位 只有残疾人车位是空着的 昭开玩笑说 谁先打断一条腿 我们就可以立刻停车了 我们笑

后来我们开到一条小路 是死胡同 看到一个两层的豪宅 把车停在它门口以后才发现原来这个是豪宅的停车位 我们准备移车的同时 感叹豪宅真豪 我说我很想上去踢一脚那个大大的大理石圆球 看看动不动 钱默默地说 你去踢一脚以后 估计我们就能停残疾人车位了 大家笑

眼看着我们就要离开公园边缘 开上公路了 昭说她已经觉得绝望了 这时候大师钱说 不行 看来我得来运个功 他说完没多久 就看到路边有辆车从车位开出来 完美

我们再次对大师的功力表示肯定 这时候 Harry 来电话说根本找不到车位 他们停得远一点 走过来 我和大师说 你发个功 给他们也找个车位 大师谦虚地说 太远了发不过去

我们抱着东西往草地那边去 这时候 Jess 她们已经找到了地方 后来我们也来到湖边一片草地 离 Jess 很近 但是看不到她们 想让她们过来会合 Jess 说你拍一下你这边的照片 我们 PK 一下哪个地方好 后来比较了一下似乎都一般 尽管湖很美 不过旁边都没有树 而且飞虫挺多的 我们每个人又穿的黄色 很招虫子 所以后来就往山坡上走 找了棵大树在旁边安顿下来

这时候已经是下午两点多了 温度和阳光刚好 铺好毯子 打开蓝牙音响我们就喝起酒 有几个朋友我都好几个月没见了 看到特别亲切 我问 Ming 她男友的事情 她很幸福的样子 讲他们怎么遇到的 然后我说我下周也有个约会 对方特别美 然后 恬不知耻地把照片给她看 她笑说

好美啊 像一个电影演员

我说我们认识四年了 不过有次要见面的时候 我临时回国就没见成 等几个月后从国内回来 美人已经交了男友 后来就断了联系 一年多了 结果这次从上海回墨尔本 下飞机刚换上澳大利亚 SIM 卡 就收到美人的消息 美人问 你好吗？所以我又和美人联系上了

因为都是我最好的朋友 一边喝酒一边聊天 所以很快进入散漫状态 我轻轻地说 不过我好紧张 毕竟认识了四年第一次见 而且美人觉得我比她还美 这让我更紧张 说完我又喝了一杯酒

大师钱 坐在我旁边 说 恋爱的样子真好啊 你身上就经常出现这个状态……说得我有点不好意思 觉得也不是什么好事

后来 Harry 和思弟文也来了 这时候 Harry 就开始拍照 我们其他人继续吃喝 我说 Harry 你好像卫星一样 在四周转 朋友让他过来吃东西 他说 马上

文森也下班过来 给琳带了等下工作穿的衣服 琳在医院里的咖啡店工作 我和文森说我想吃你做的炒饭 他说好啊下次来我家吃呗 昭说我也要来 文森说一起来 这时候文森已经结束了实习开始准备雅思了 思弟文说他也准备考雅思 考虑待在墨尔本了 我和钱相视一笑 又看看 Harry 大家都开开心心的样子

后来 Jess 的一个朋友来了 她手机没电了 愣是在偌大的公园里找到了我们 她说 你们都穿的黄色 特别好找 她带来了家里包的饺子 是芹菜 还有木耳两种馅的 我们把饭盒传着吃 吃了饺子以后我觉得特别饱 晚上都不用吃了

本来小德国也要来的 但是后来他游泳结束太迟了 约了晚上一起去看 *Gone Girl*《消失的爱人》

到五点多的时候 开始凉起来 Harry 说我们拍集体照吧 来大家站在一排 稍微有点弧度 然后他按快门 又说好 现在大家都看 Jess 他按快门 又说 现在大家两个两个聊天 然后我就和文森真的聊起来 最后 Harry 回来 Jess 也去照了几张

晚上回家的时候 看到朋友圈上好朋友发的野餐照片 觉得特幸福 周末也很充实 大家一致认为 这种活动以后要多搞 下次可以去远一点

（知道主题是黄的时候 我本来想带一本《黄——陪安东尼度过漫长岁月 III》去野餐的 但是后来没好意思 > <）

［2014 年 10 月 26 号 喝起来就收不住］

我想在这里写你能看到 今天早上我没睡醒脸也没洗就去买菜 见到你的时候 还有点迷糊 手里拿着面包 鸡腿 蘑菇和花 你说你在我家楼下等好久 我不知道怎么办 收下你的书 想请你上来坐坐 觉得怪怪的 想给你点面包吃 也觉得怪怪的 后来只是把你送去门口…… 现在写这个是希望你 不要后悔和害羞 谢谢你的礼物

［2014 年 10 月 26 号 我有些绿了 还没绿透］

有的时候 有人问 你又写东西 又做室内设计 又是厨师 听起来很疯狂

我觉得其实也不会 对人生的思考 生活环境的要求 还有吃饭 这些都是生活的基本需求 如果想要做得好 其实都有共性 就是要心里有爱 愿意分享 且脚踏实地地生活

［2014 年 10 月 27 号 Are you free tonight（你今晚有空吗）］

在新办公室做意面

意大利肉酱面应该算是 最普遍 常见的意大利面了 应该类似于 我们的红烧牛肉面或者 猪肉水饺?

但是基本上你问十个人 十个人都会给你不同的做法 意大利面算是我最喜欢做的西餐之一

做肉酱面的时候 我喜欢用三分之一的猪肉 剩下的用牛肉 因为我发现放一些猪肉的话肉酱会更香 但是都是猪肉的话口感就没那么好

把锅烧热以后 放油 把蒜末放进去 然后放肉进去翻炒 不要炒过了 肉基本变颜色就行 这时候放剥皮的番茄罐头 这个罐头进口超市都有卖的 我喜欢买整个的 然后用刀在罐头里把它们搅碎 我觉得整个的番茄 味道更有番茄味 把番茄放到锅里继续翻炒 放胡椒和盐 这时候可以放酒 我们上西餐课的时候 讲的要放红酒 理论上 红肉配红酒 而且酱的颜色会更好看

但是我之前看过一个意大利美食的专题片 我喜欢的那个英国厨师去意大利学习做饭 意大利的老妈妈说 做意大利面 一定要用白葡萄酒 如果用红葡萄酒的话 会把所有的味道都盖掉的

我这么多年做下来的经验就是 如果你的红葡萄酒质量不错 肉一般 就用红葡萄酒 如果肉非常好 是那种市场买来的跑地猪 那就用白葡萄酒 放半瓶葡萄酒进去 放干辣椒 干 basil 叶子 还有 干 oregano（牛至）叶子 翻炒均匀之后放牛肉高汤 盖过肉大概四指的距离 小火炖 这时候可以放一些 新鲜的西红柿丁或者蘑菇之类的 等汤炖得差不多没了就可以吃啦

超市买的那种干的意大利面的话 用沸水煮十二分钟左右正好 注意水里面要放很多盐 意大利人都是这么做的 我也不知道为什么 我意大利朋友说 他们家每个月都要用一盒子盐 意面煮好以后沥干 可以放一些橄榄油上去 这样不会粘到一起 煮多了的话 可以放一部分进冰箱

剩下的拿出来 和炖好的肉酱炒一下 关火之后放新鲜 basil 叶子或者 parsley（荷兰芹） 就完成了 可以适量放一些硬起司上去 也可以放辣椒油 （我试过老干妈 不是很搭）

很好吃 我每次都能吃两碗

第一次做饭以后 我们三个围着我们的小圆桌 开心地吃着 喝了一瓶酒 每个人都笑嘻嘻的 摄影的 Harry 说 我们 Design House（设计工作室） 之前从来没有过这种状态 Jess 点头说 嗯对 忽然有了人味

我觉得我能认识他们 和他们共事非常幸运 踏踏实实 舒舒服服的晚餐后大家把厨房收拾干净 关了灯 道别

明天见

［2014年10月28号 这世界没变 你我也没变］

什么时候养成寄明信片的习惯已经记不得了 可能就是某次出行有好朋友郑重地写下她的地址给我 说 到了一定要给我寄张明信片啊 然后从四年前开始 每次出去旅行 都会给大连家里还有几个朋友写明信片 写给妈妈的明信片很简单 差不多就是 妈妈 我在 ×××××——儿子 日期

我妈会把我寄给她的明信片都攒起来 现在已经有五六十张了 每次回大连以后她都会拿出来给我看 说 以后无论到哪里 都要给妈妈寄一张明信片 妈妈帮你保存起来

我们在墨尔本的设计公司是今年年初的时候成立的 尽管不大 但也是独自的一栋楼 买了一直想要的B&O音响 每周都会买不同样的鲜花放到Design House里 也经常做饭聚餐 终于有了这种能朝九晚五的工作机会 特别珍惜

其间我们接了一些工作 比如给小朋友拍照 给国内来墨尔本度假的恋人拍婚纱照 墨尔本大学的毕业典礼 给酒庄设计产品包装 日本饭店改造成便利店…… 这期间我们也开始计划做我们的第一套产品 就是以墨尔本为主题的 明信片

开始的时候 想做几套 在墨尔本周末集市卖一卖看看 结果后来越弄细节越多 包括选照片 纸张 包装 定价 客服……这些 一件件解决下来以后 决定在国内淘宝上也销售一部分

这套明信片 我们先后打样了三次 尝试了不同的纸张和包装 正好其间我在上海 方便和印刷厂商老王不断磨合 Harry 其间也来过一次上海 为明信片的事情碰面 Jess 设计包装 配上了得体的文案

其实我们这次印量不大 这么认真地做这件事 首先是因为这个是我们公司做的第一个产品 我们都很有热情 另外一个原因 是我们几个人从几年前过来留学 工作 到现在在墨尔本有了自己的 Design House 对墨尔本有太多的感情

看着一张张选出来的 明信片 心里总不禁地有 我去过那里的 心情

[2014 年 11 月 5 号 坐久了 也累]

谢谢世界

[2014 年 11 月 7 号 我有个好朋友 不知道放空是什么感觉]

现在的教练是意大利人 第一节课练腿 他直接给我来澳大利亚爷们儿的重量 练到一半去接电话 我在机器下面 心慌 想象这东西蹬不住直接掉下来把我夹成三明治 今天练上身 一个劲在旁边喊 Come on(加油)！ 我用不上力气了 他又喊 Be a man (像个男人)！ 我心想 I am a man (我是个男人)！ 但我这种喝粥长大的 怎么和你们这些吃牛肉长大的人比 T T

［**2014年11月19号 恋爱中的狗**］

喜欢当我直勾勾地看着你的时候 你也直勾勾地看着我 不转头 我只是特意地 害羞地笑 什么都不说 “我在你眼里 看到宇宙 像钻石” 这样的话 就算是我 也说不出口…… 也就发个微博吧 和两百多万人分享一下

［**2014年11月23号 说错什么了吗**］

穿了 鸭子的衣服 所以想到苏慧伦的歌 其实什么都依你 我也做不到 我觉得两个人再相爱 也都应该有自己独立的天地 才会长久 迷惑 失落 孤单 骄傲 思念的情绪都会毫无保留地在这里说 现在幸运 被喜欢的人喜欢了 也是想继续分享 不是炫耀 曾经的岁月 快拍成电影了

［**2014年11月24号 and I love her（我爱她）**］

今天早上 我躺在床上的时候想 我喜欢一个人的时候 真的会不断燃烧 发光发热 那能量大得可以让 因纽特人穿 比基尼了

［**2014年11月末 重感情的人 都不会太坏**］

墨尔本真的是离世界各地都太远了 除了新西兰 不过新西兰和澳大利亚也没什么差别就是了 一想到从墨尔本到伦敦要飞二十多个小时 就不由得叹气 但也没舍得买商务舱的票 加了两百多澳元选了出口的位置 默默安慰自己 至少能伸开腿

这次坐的澳航的飞机 第一次坐 A380 这飞机非常大 感觉很安全 坐定后 发现整个飞机的上座率不到百分之二十 每个人都能有自己的一排坐 心中暗喜 幸亏自己没买商务舱的票 哈哈 省下来一万多 尽管这样 飞机飞到六七个小时的时候 我还是有一种绝望的 永远也到不了目的地的感觉

从迪拜再上飞机 飞机上还是没有多少人 我跑到后面一个人占了一排睡觉 又看了一部激情满满的《星际迷航：暗黑无界》然后就来到了腐国（英国）

在伦敦机场过安检 看起来像印度人的工作人员问我为什么来伦敦在这里待多久

我说我是来玩的 住一个多月 其中要去意大利工作十天 他看了我的护照说 但是你没有意大利的工作签证 我翻到意大利签证那页给他看 他说这个是旅行签证 我不知道要怎么解释 这时候他问我做什么的我说我给一个出版社工作 他问 你有没有你们公司给你出的证明的文件 我说没有 他问你有没有名片 我说没有 他问我要 我在伦敦住的时候的地址 我把我在网上订的 Airbnb 的确定邮件给他看 他说你会说英文 为什么这个确认函是中文的 我说可能因为我电脑是中文系统 自动识别的……我心里想他们问题好多啊

这时候 另外一个窗口后面的工作人员（看起来也是印度人） 在用英文对他面前的两个中国人模样的人大喊为什么她们来英国 为什么她们都不会说英语 脸上露出不可置信的表情 那两个中国人一个是老太太一个是二十岁左右的女生 老太太不会说英文 那女生的英文听起来大概是初中水平 此刻后面排队的人已经很多了 我向她们那边看 问

是否需要帮助 那女的和我对眼后 眼睛一亮 一下子和我说了一串我听不懂的话 我和她说 我只会说普通话 这时候她和我说 你能帮我翻译一下吗 我说好 原来老太太的女儿生病了 老太太过来照顾 她要在这边住半年 至于年轻女生和老太太什么关系 我也不知道 我和签证官解释 他问老太太要回去的机票 老太太给他看 这时候 旁边的签证官让我问 那个女生 她来英国多久了 为什么连英语都不会说 问她是怎么拿到英国签证的…… 那个签证官的口气很不礼貌 我就板着脸不理他 后来那两个中国人被放走了 她们连句谢谢也没和我说 可能是因为一时紧张忘记了 她们的签证官和我的签证官说 真的是难以置信 一句英语都不会说 连我奶奶都会说英文 我心里想 废话

接下来我的签证官问我要这个那个文件 我心里抵触就一直说没有没有 心想 看你能把我怎样 他问我拿了多少英镑来伦敦 我说一分没拿 只带了信用卡 他又问你一年赚多少钱 我算了下 告诉他十万美元吧 他很惊讶 疑惑地看着我问 你怎么赚这么多钱 我说我出书也做厨师 他问你的书叫什么名字 我说 *Red Orange* 他又问你笔名叫什么 我说 Anthony 他说就 Anthony 吗 我说是 他说那我 Google 就能看到你吗 我说不清楚 然后他把我带到一个小房间 说马上回来 我坐在那里心想 他应该找不到我 因为我澳大利亚朋友曾经输入英文的 Anthony 和其他的关键字 根本找不到我 毕竟叫安东尼的名人无数 光是作家也很多 没想到不到一分钟 他回来了 把护照还给我说 我找到了 你可以走了 这次轮到我觉得惊讶了 我说 Crazy 他问怎么了 我说 你不输入中文应该找不到我的信息的 他笑了又得意地说 这对我们来说很简单 （就算到现在 我也不知道他是怎么找到的）

就这样 我到了伦敦

我坐在去英国房东家的地铁上 因为是早上六点多 人还很少 天也没亮 远处是英雄牌纯蓝钢笔水的颜色

去伦敦之前 我给我 Airbnb 的房东写信 问从机场怎么过去 怎么办理电话卡 她给了我三条去她家的方案 分析了如果拿很重的行李 上下楼梯的因素 价格的因素 还有时间因素 最后我选了最便宜的 至于电话卡 她说她可以给我买个包月的不限流量的 十五镑 钱我可以到了以后给她

换了三辆火车 拖着行李走了二十多分钟 终于找到她家 妮可穿着日式睡衣给我开门 她用伦敦腔调和我说 你来得真快 好找吗 不好意思昨天我生日我们在家里开派对 我们睡得都太晚了 来 进来 我带你去楼上看看你的房间

那个房间不大 但是有自己的卫生间和浴室 房间里摆满了星战和一些其他动画的周边 她说我丈夫麦克的儿子有的时候住这个房间 所以到处都是玩具 你见谅 我说没关系 这样更有家的感觉 这时候她说那我下楼去 等你安顿好了下来喝点茶吧 我把钥匙给你

我下楼拿了钥匙 喝了茶说 准备出门了 她说 哟 很厉害哦 也不用休息一下 佩服 我笑说 不是很累 而且我等不及要去 诺丁山

I and Love and You

我和啤特相约在诺丁山见面 啤特是我墨尔本的朋友 他在全球有名的地产公司里做经理 四十岁左右 正好也在伦敦度假 我一出站台就

看到他 他穿得要比在墨尔本的时候正式 我们决定随便走一走然后找个地方吃饭

因为啤特在伦敦生活过一年 所以他对周边都很熟悉 英国的房子都是我喜欢的样子 不过诺丁山没有我想象的那么嬉皮 反倒让我感觉是有钱人住的地方 我们一边走啤特一边和我说 他这几天都做了什么去了哪里吃饭在什么样的饭店 我想我们俩很投缘 一个很重要的原因就是 我们都很喜欢吃吃喝喝

我和他说 我在飞机上喝醉了以后 给你写了一封信 写得很蠢 还好没有网络不能发给你 他笑 你还是发给我吧 我很好奇

我发现伦敦的饭店很有特色 我们看的第一个饭店 在店里放着很多精致的甜点 很多大盘的沙拉 看起来很新鲜又充满心思 往里走又有冷肉的部分

看到的第二个饭店叫 什么什么 &Co. 看起来非常高档 里面坐着满满的人 看起来像是中产阶级或者社会精英喝下午茶的地方

这时候啤特问我想吃什么 我说想吃肉 想吃令人舒服的东西 啤特想了下说 我知道我们要去哪里了 把我带去了 Books for Cooks（烹饪书店） 一家很小的只卖食谱的书店 书店里面有个小厨房 啤特说 中午十二点的时候 这里会供应一次套餐 我看了下今天的菜谱 前菜是西红柿浓汤 主菜是摩洛哥炖羊肉 还有三个甜点可以选 我说这个菜谱完全就是我现在需要的 他笑

吃了一顿美味又舒服的午餐 每个人喝了一杯红酒 人均消费才十三镑 太划算了 我心想 谁说英国没有美食的

接下来我们逛了几个时装店 又去了家很可爱的香水店 那个香水的牌子我知道 他们在墨尔本的一个专柜有商品 本来我是不打算买香水的 因为我只用爱马仕大地 觉得好 可是因为商店服务的女生真的是太可爱热情 所以就买了一瓶无花果味道的 结账的时候她送了一小瓶给我说 这个你可以旅行的时候用

在诺丁山的集市里穿梭 十分钟左右的时间 时而乌云密布 时而阳光明媚 时而刮风 时而下雨 接着太阳又出来烤得热热的 从这头走到那头 感觉我似乎置身于电影《诺丁山》的布景里

最后 我们去了那个很阔气的什么什么 &Co. 喝了咖啡 它对面有个很漂亮的教堂改造的公寓 我和啤特研究说 公寓很美 可惜房东没有品位 把健身用的跑步机放在窗前 真的是大错特错

晚上我们去吃了需要排队的 日本乌冬面 又特别好吃 （回墨尔本前 我又回去吃了一次）

伦敦之行的第一天 就这样心满意足地过去了

第二天 我又和啤特在外面走了一天 四点钟他动身去机场 先飞泰国开会 接着回墨尔本 我约了 Edu 吃晚饭 手机快要没电了 给他发了消息说 我在 The Savoy（萨沃伊）等你 不见不散 在大厅坐着等了两个小时也没见到他 心想 还是散了吧 估计不会来了 回到家正好七点 也没吃饭 这时候妮可和麦克正好在后院的长椅上坐着抽烟聊天 我过去

打招呼 他们问我玩得怎么样 我说有点累 但是很喜欢伦敦 妮可问我吃晚饭了吗 我说没有 她说要不要和我们一起吃 我们还有两个朋友过来 大概八点开饭 我说真的可以吗 会不会太添麻烦 她说没事没事 到时候就下来吧

我回去洗了个澡 收拾了下 八点钟下去的时候妮可和麦克的朋友已经到了 一个年轻的伦敦女生和她的来自印度的丈夫 麦克给我倒了一杯白葡萄酒 妮可晚上做越南菜 前菜是各种各样蔬菜肉碎摆成小盘要自己卷的春卷 主菜是九层塔辣椒炒鸡肉配米饭

原来印度人是大学老师 伦敦女生是律师 麦克告诉我他们之前要结婚的时候 男方家庭很传统 打算让儿子找个印度女生 后来伦敦女生见父母的时候 妈妈问她做什么工作 伦敦女生说 律师 结果父母就开心地默许了 在印度人心目中 对象最好是做以下三个工作 律师 医生 公务员 伦敦女生一击即中

两个人结了婚 一年后生了小孩 他们和妮可就是在月子中心认识的 他们听说我是厨师以后 麦克喊还在做饭的妮可说 我们今天可是有一个厨师加入我们的晚餐哦 妮可笑着说 你应该饭后再告诉我 你这样我会紧张

我倒了第二杯酒 走去厨房看妮可在做什么 只见她很专业地把食材调味摆放整齐 一边看着 iPad 上的菜谱 一边把辣椒放到锅里 我说一边看菜谱一边做菜好可爱 妮可用难以置信的口吻说 可爱？你说可爱？你是在取笑我吗 我说没 只是看你很有条理 准备得又周全 很有大厨做菜的风范 她说我做菜的时候必须要这样 厨房要干干净净 而且我要确定所有的食材都洗干净切好 她指着她的灶台和烤箱说 你看 这个

是我刚换的 尽管很贵但是每天看到它我就很开心 煎炒烹炸都可以 我说好酷啊 我一直都想要一个这样的烤箱

喝第三杯酒的时候 晚餐开始了 妮可说 现在我给大家做示范怎么用这个大米皮做春卷 她从包装里取出来一张大米皮 快速地在装满水的盘子里蘸了下 摊在自己的盘子上 放上去胡萝卜条 沙拉叶子 香菜叶酱料 鲜虾和猪肉碎 从一边往里卷 两边折进去然后又继续卷 一个春卷就出来了

印度人开始做了 他把大米皮放进水里 再拿出来 已经是一团了 妮可说 你把它放在水里太久了

轮到我的时候 我想一次次包太尴尬 干脆我一下子就多包点好了 结果包的料太多 卷春卷的时候爆开 很狼狈地用叉子送到嘴里

聊天喝酒 一直到晚上十点多 话题进入一个新的领域

我说我觉得英国有自己的女王和王子非常酷 妮可说 还好吧 他们每年都要花掉很多的钱 这些钱都是从我们的税里扣除的

我说我觉得二王子很帅 大王子太像他爸了 他们都笑了

在伦敦住了两周 但还是觉得少 伦敦是欧洲里面少数几个城市我觉得可以过去住几年的

后来半年过去 经常有人问我 欧洲我最喜欢的城市是哪里 我会说哥本哈根 然后立即补充 但是我想去伦敦住几年

在上海工作的时候 有朋友推荐匡威的负责人给我认识 非常酷的

白羊座女生 Mandy 我们在饭店约见面 介绍我们认识的朋友来晚了 她说我看了你的书 里面谈到匡威 我觉得匡威也很符合你气质的 可以想想有什么可以合作的 我们的合作很多元 不是单纯的广告投放 比如可以帮你完成你自己的梦想

我想了下说 我想去伦敦学习法式插花 她愣了一下 翻了个很客气的白眼说 你再想想别的吧 然后我们都笑了

我好怀念伦敦啊

［2014 年 12 月 5 号 故事书］

只要有人真心喜欢你 你就不会在乎自己是什么

［2014 年 12 月 9 号 最近我掌握了瘦的秘诀］

我教练的爸爸一周前去世了 不知道怎么安慰他 只是好好训练 今天上课 他问我今天吃了什么（他让我每天吃的那些 真的不好吃 我坚持不下来）我说我不能告诉你 结果他说 那你等下做四十个俯卧撑 我立刻回答说 我吃的汉堡 他问 吃薯条了吗 我点头 他笑一下说 好 六十个俯卧撑

［2014 年 12 月 11 号 Sunlight fade and the shadows grow alone（阳光退去 阴影独自生长）］

夏初早上 你不经意地漂洋过海来到我这儿 开门时我还没准备好

表情 只是四目交接那刻又感受到你暖暖的目光 在漫长路上你我未重遇的那些岁月 我温习过千百遍的目光…… 我很好 你好吗

［**2014 年 12 月 17 号 很怕有翅膀又飞不高的动物**］

最近看了一部电影 明白了一件事 如果把鸡头含在嘴里 整只鸡就会安静下来 今天起来得早 看到了清晨的样子 大家早啊

［**2014 年 12 月 18 号 说过**］

本来以为快乐不会长久 怎知 一天比一天快乐 > <

［**2014 年 12 月 23 号 也是 keep（留）不住**］

为什么躺着那么舒服呢 如果做平板支撑像躺着一样舒服就好了

［**2014 年 12 月 23 号 像我这样**］

阿姨今天来打扫 临出门前 我说把床单换一下吧 明天要拍照 上国内的一个杂志 她说好 晚上回家 她给我发消息说 马亮 你那两个枕头一高一低拍照不好看 明天记得换一下 有的时候我觉得我家阿姨跟我墨尔本的妈一样了 她在我家做了两年了 明年给她再涨一次工资

［**2015 年 1 月 5 号 校园**］

上学的时候 经常听到年纪大一点的人说 现在是你最好的时光 好

好把握（享受）吧 那时候不懂 觉得大人啰唆 想说等我也成了大人了我一定要变成更酷的大人 那才是最好的时光 有钱又能想做什么就做什么

现在真的成了大人了 结果也没觉得时光变得更好 可能有了几个钱 但是和上学那阵子一样 有很多东西想买的买不到 而且也不会变得多自由 有些话就不会再说 有些事也不能再做

我觉得 人生啊 不论是处在哪个阶段都是 漫长 并且匆匆 往前看遥遥无期 往后看 白驹过隙 但是呢 大学毕业以后的生活似乎是一个模式的 不论是二十五岁还是五十岁 它的模式是可以被复制和反复的 上学那时候的时光却不能

我不愿意形容 校园生活是最好的时光 因为离开校园也要好好地活 但是校园时光 绝对是一段最特别的时光 似乎是一场大型嘉年华 一旦毕业了是无论如何也回不去的

那场嘉年华里 有纯粹又肝肠寸断的爱情 有做不完的习题（实践证明 是能做完的） 随四季变化看不够的高大的树木和绿油油的草地有比天还大的友情 亮晶晶的汗水和 以后不会轻易流下的泪 有特别难吃 但是保准毕业后你会时常想起的食堂 下课铃声和眼保健操的音乐被铅笔画过的桌椅和看不够的窗外

有她 也有他

这些都发生 也只能发生在校园里 毕业以后 它们会被贴上标签 叫

匆匆那年

［2015 年 1 月 11 号 我最喜欢 鹦鹉婆婆］

我头上有犄角 我身后有尾巴 谁也不知道 我有多少秘密 我是一条小青龙 我有许多小秘密 我是一条小青龙 我有许多小秘密 我有许多的秘密 就不告诉你 就不告诉你 就不告诉你

［2015 年 1 月 17 号 晚饭后回家路上 你固执地要和我牵手］

半夜下楼喝水 看到角落里你的书包放在地上 不禁心里有些酸楚 理所应当地觉得你住我家会更舒服 却忘记在我家 属于你的 只有那一书包的东西 心想 要把我的心也放到你的书包里 然后上楼亲了下熟睡中的你的额头

［2015 年 1 月 27 号 他说 Bob Dylan（鲍勃·迪伦）不会唱歌］

早上小多 拿了一堆不同面额的人民币问我 这上面都是同一个男的吧 我笑说是 那是我们主席 他说 嗯 发型都没变过 他又问 一元都有硬币了 为什么还有纸币 我想了下 答不上来

［2015 年 1 月 28 号 Bryter Layter］

小多爱上了大白兔奶糖 每天都要吃十几颗 但是他不知道包装里面那层半透明的纸是可以吃的 每次都在那里撕半天 特别好笑 今天他吃奶糖的时候和我抱怨说 觉得这个包装很不科学…… 我想了想说

是啊

［2015 年 2 月 2 号 不吃肉 就吃不饱］

做梦也没想到 会有这么一天啊

［2015 年 2 月 3 号 没和对的人打交道］

几天内 坐了七架飞机 现在在四个城市辗转 为了便宜买了廉价机票回家 到了机场才发现是小飞机 而且还要经停几小时 现在飞机又晚点 在机场行尸走肉地逛着…… 直到在免税店 涂了一脸试用的五千多元的精华素 心情才好了点 挤一手 涂一脸 目不斜视 大步离开

［2015 年 2 月 6 号 你会不会］

觉得和 自己有关的一切都显得非常遥远

［2015 年 2 月 12 号 想 老干部的脸］

夏天适合谈恋爱 但是睡不好 冬天清凉 适合睡觉 但又不免孤独 在尝试调整 把它们放到一起过

［2015 年 2 月 12 号 想飞］

今天冥想的时候 想通一件事 每个人都是一座寺 一个僧 都要遇见一个僧 一座寺

［2015年2月12号 果酱盖子］

一个人睡的夜里 把被子横着盖 假装有人和我抢被子

［2015年2月13号 给你唱一首歌］

如果你是一个吻 那我不要做一个拥抱

［2015年2月20号 今天晚上很晚吃饭］

有人问 你去别的国家旅行 怎么还在办签证 其实拿了澳大利亚永居证后 我一直没有换国籍 仍然拿的中国护照 原因很简单 一是看父母方便 二是我觉得中国会好 如果不好就换了吗 这个我不清楚 反正我觉得会好 看了《穹顶之下》更坚定了这个想法

［2015年2月25号 涂鸦］

每次上班的路上都要路过一面墙 在Chapel（小教堂）分支的一条小路上 墙上有两条龙的涂鸦 它们横跨日本饭店 卖牛仔衣服的店 学英语的学校 时上时下 栩栩如生 我路过的时候偶尔会盯着它们看几眼 每次看都有不同的感受 它们的眼睛是闭上的 一点也不凶 早上上班 顺着它们飞的方向走 晚上回家 默默地打招呼 它们睡着了

墨尔本有很多的涂鸦 不论是市中心还是市郊 有的涂鸦非常高 我一直弄不明白是怎么画上去的 觉得不是人可以完成的任务

一面普通的墙 很难和千千万万的其他的墙区别开 可是上面一旦有了涂鸦 就立刻变成了一个场景 有了生命 经常再次看到一个涂鸦 就会想起之前走过这里 会想那时和谁在一起 又发生了什么事情

我在德国的时候 去你给我推荐的博物馆 你说那时候你和你男朋友刚刚搬到一起住 晚上下班后 顺着公园一直走 路过博物馆 回家

下午五点的时候 我从博物馆出来 走了不久就看到公园 旁边大桥下有 戴墨镜的人拿着气球的涂鸦 那涂鸦旧旧的 但我对它忽然有了好感 我觉得几年前 你一定反复和这涂鸦里的人邂逅 那时候 路灯昏黄 不时有锻炼的人从你身旁跑过 你不慌不忙地走 知道他在家等你

[2015年2月中旬 下一站 哥本哈根]

之前去过一次 哥本哈根 那时候和 Tom 在城里乱逛 当时留下了两个心愿 一个是在河的右岸 文物保护的老宅区域买一套房子 从上到下一共三层的 一楼二楼用来会客 烹饪 他可以住二楼的一个房间 这样子 不用上上下下 我住三楼 没事就在楼上宅着 把书桌搬到窗前 正对着河水和市中心 写不出东西的时候 可以望着发呆

第二个心愿是 服务于第一个 就是我们想把丹麦的热狗车卖去中国 丹麦的热狗非常好吃 不像美国的热狗那么大 那么张扬 又比宜家的热狗多了很多性格和滋味 简直是充满了设计感 有人味 招人喜欢 我们俩甚至计算了成本 算出来要进口多少个热狗车 每天卖出去多少个热狗 才能在五年内 买下那套房子

离上次去哥本哈根已经一年了 当然这两个愿望一个都没实现 但

是这次抱着同样的梦想又和伙伴们一起回到 这个欧洲我最喜欢的城市

去哥本哈根以前 我们就拿到了行程单 其中一天写着 克里斯蒂安那自由城 后面有标注说 禁止拍照 听从安排 当时就在想 这自由城到底是一个什么样的地方 搞得特别神秘

我们一行人来到自由城 其实这里离市中心很近 算是一个城中城 入口处有个高高架起的大牌子 上面红底白字写的 Christiania

进去以后我们被带到一个 类似废旧的公寓楼里 里面到处都是涂鸦 在书店的一旁 导游让我们坐下来 这时候自由城的一位负责人 走过来和我们打招呼 他看起来四五十岁 眼睛明亮 脾气很好又读了很多书的样子 他说欢迎大家来到 Christiania 接下来开始为我们做一些讲解

原来 自由城所处的区域之前是丹麦的海军驻扎基地 1971 年丹麦海军撤离后 这里就变成了废弃的土地

那时候欧洲大闹学潮 反传统的“嬉皮士”盛行 海军撤离后 一些激进的学生和青年伺机“闯入”这里 占据了其中一部分营房等 建起了不受政府管辖的“自由城”Christiania 这里有自己的旗帜 红色的底 上面有并排的三个黄点 这三个点也没什么别的意思 就是 Christiania “i”上面的三个点 我问那这两个颜色代表什么呢 比如我们中国国旗是红色的 代表烈士的鲜血 让我们不要忘记是有很多人的牺牲 才换来我们现在的好生活 大叔笑说 也没有什么意义 据说因为当时画旗帜的时候 正好有红色和黄色的油漆 所以就成了这个样子 我笑 心想也真是随意

我们在村子里逛 我觉得自由城和哥本哈根市内形成了鲜明的对比

城市里非常帅气 规矩 相对来说这里就松散闲逸很多 街上的行人脸上似乎写着爱与和平 六七岁的小孩也俨然大人模样 一个骑自行车的小孩和大叔打招呼 大叔说 你的新车很好看 他说谢谢 一脸认真又骄傲的模样 给人的感觉是 这小孩生长在天地间 而不是襁褓中

自由城对游客提供向导旅游 这是体验自由城特殊氛围最好的方式 向导大多在自由城里居住了很长时间 他们每人都能叙述他们个人对这一特殊小社会的观点

安徒生的墓 位于市中心的 Assistens Cemetery（安徒生墓园）建于 1760 年 是位于城市中心的一个大植物园 里面非常安静 干净的主道两旁有笔直的高树 除了安徒生 这里还有上百个墓碑 有舞蹈家 诗人 画家 科学家……

去的时候有一点阴天 我们在公园里找安徒生的墓地 正好有人路过给我们指了方向

那墓碑的形状非常简单 上面也没有什么花样 我们几个围在那里 我忘记我们说了什么 可能气氛太沉重 落落说了有趣的话 我们都笑了

那时候我在心里想着之前读过的 安徒生的遭遇 他出生在一个贫困家庭 父亲是一个鞋匠 体弱多病 母亲是一位洗衣工 十一岁的时候他父亲去世 之后他辍学做裁缝学徒 还在一家香烟工厂工作 那时候经常有人觉得他是一个怪人而欺负他 再后来 他尝试成为歌剧演唱家却因为嗓子坏了 而再次失业 后来在朋友 考林的介绍下 由国王资助去学校学习文学 但因为表现怪异 不合群 度过了他自称 最黑暗最压抑的几年

有着这样生活经历的人 写出了《丑小鸭》《美人鱼》《豌豆公主》《冰雪女王》《卖火柴的小女孩》《国王的新衣》…… 我不知道他现在是在我面前 还是在天边 心里想着希望他现在是暖的 开心的 不论是遇到了王子还是 公主

[2015 年 3 月 3 号 我说英文有不地道 但好听的口音]

离开哥本哈根以后我又开始一个人上路 正好小西的箱子坏掉了 我让他把他的东西放到我的大行李箱里 也往里面放上接下来旅行中不会用的东西和衣服 让小西直接带回上海 把小西和同事们送去机场 我一个人带着小行李箱往捷克飞 去布拉格 我一直幻想要去的地方 接下来会在布拉格住三天 柏林住四天 然后返回上海

布拉格的机场很大 取行李的地方没有多少人 显得非常冷清 出了机场叫了辆出租车 给他看我布拉格的公寓的地址 他说大概二十分钟能到 我住的地方在市中心 在出租车里看着外面 当时是阴天 偶尔路过巨大的广告牌 和汽车修理工厂 我觉得布拉格和我想象的不太一样 和欧洲我去过的其他国家也都不像

出租车果然在一条很繁华的街道停下来 我拖着行李找到地址 房东还在外地 邮件里他已经交代过 怎么拿钥匙 需要注意什么和附近有什么好玩的地方 我拖着行李进去 门卫老头坐在桌子后面 看到我之后他说出了我的名字 我尝试用英语和他交流 他说些什么我听不懂 想到房东在邮件里说 门卫不会英语的 我拿了钥匙向他道谢后 坐小电梯去上面的房间

房间很干净整齐 一个卧室还有一个很大的厅 冲着底下的花园 厅里有巨大的落地窗 正对着一个 雄伟的教堂 我把行李放起来 把之前旅行时的脏衣服放到洗衣机里 整点的时候 听到对面教堂 沉沉的钟声

在楼下路边的饭店吃饭 要了鸡肉沙拉又点了一杯酒 认识了一个从西班牙过来旅行的男生 他也是一个人 住在旁边的青年旅馆 他说布拉格之后 他会去哥本哈根 我说哥本哈根很好 我刚从那里回来 我问他这几天有什么安排 结果他拿出来一张大地图 用英语解释 之前他在地图上做的标记 他说他下午要去 大桥 教堂和布拉格广场 我这次来布拉格是一点计划都没有的（其实 我所有的旅行 也都没什么计划）看到这么一个靠谱的人 不禁开心起来 我说你的酒钱我帮你付了 下午我俩能搭伴去玩吗 他开心地说好啊 太好了

我跟着他走 他不时地拿出手机导航 又拿出来照相机拍照 他见我也不拍照只是跟着他 就问说 你怎么一点不像一个出来旅游的 也不知道自己要去哪里 也不拿相机照相 你是一个奇怪的人 我说不做功课是因为我懒 不过我这个人很幸运 经常能遇到像你这样靠谱的人 没带相机 一是因为太沉了 出来玩不方便 另外 我照相之后也就在那里放着不会去看 所以干脆就不带了 但是偶尔我会用手机拍照 说着 我就拿手机给他照了一张

后来我们去了布拉格的查理石桥 它是东欧最古老的石桥 由查尔斯国王下令建造 从那时起 在沃尔塔瓦河上已经横跨了六个多世纪 桥面由石砖铺就 桥两侧每隔二十多米就有相对而立的塑像和群塑像 共三十座 有的是女神 有的是武士 有的是动物 还有的是人面兽身或兽面人身 这些都是捷克早期巴洛克艺术大师的作品 大多取材于《圣经》

和民间传说 不过由于氧化的关系 多数都变黑了 但这并不影响它们的美观 可能不像在法国见到的雕像那么精美 但雄伟又有气魄 看见了五星圣人 五颗星闪闪发亮 眼神坚毅 五星圣人是布拉格的守护神之一 这尊塑像上面也是发黑的 但它的底座已经被游人摸得闪闪发亮 有这样一个传说 来到布拉格一定要摸一下五星圣人的塑像 这样可以保证心中的秘密不被别人知道

虽然我写过几本日记体裁的书 但还是有一些不为人知的秘密的 这些秘密大部分是怕麻烦 或者没什么好说的 所以没人知道 但是我觉得就算别人知道了 也不会怎样 再说我觉得 一直守着一个秘密是很累的事情 所以我没去摸 西班牙男生上去摸了摸 我问他你心里有什么秘密吗 他笑得可爱 说 这么一想也没有 但是既然来了 摸一摸又何妨

后来去了皇家教堂 哥特式的风格 他买了两张门票说 午饭你请的这个我来吧 外面的天依旧昏暗 感觉随时就要下起雨来 我们绕着古旧楼梯一直往上走 空气中弥漫着 被灰尘包裹的湿气 我们好像在时间里穿行 到了顶楼 可以俯瞰整个城市 大部分的房顶都是橙色的 给这个灰灰的城市带来了一些活力

傍晚的时候 西班牙男生说晚上准备去酒吧 问我怎么安排 我说我准备在家做晚饭 可能会早休息 出来玩了一阵子 现在有点累了 他说好 我明天就去哥本哈根了 希望你接下来几天玩得开心 不要走丢了 我笑说 你放心好了 我们彼此交换了邮箱 说回去以后会把对方的照片 传过去

我在超市买了意面 培根 芦笋和蘑菇 一些气泡水 顺着石路往家走

这时候不知道乌云哪里去了 城市被夕阳笼罩 反倒明亮起来

我一边往家里走 一边感受布拉格这城市 我觉得它好像一只灰色的鸽子 被困在了时间的教堂里 哪里也去不了 但是它又不慌张焦躁 依然优雅单纯 我觉得这就是布拉格的美

到了家里 外面开始暗起来 楼下花园和对面教堂顶楼亮起灯来 我把洗干净的衣服晾上 这时候又听到对面教堂悠扬的钟声 我觉得那钟声在保护我 和我所在的世界 我处在陌生的城市 但这一刻我觉得安全坦然

那一夜 睡得很好 半睡半醒间 我看到了我的秘密 我知道这不是梦 我只是看了看它们 又睡去了

[2015 年 3 月 4 号 随便坐]

结婚这事 怎么能将就呢

[2015 年 3 月 5 号 黑人女生唱 Jazz（爵士乐）好带感]

4 月里 我不讨厌任何人……所以 这个 3 月常常 翻白眼

[2015 年 3 月 8 号 Ace Hotel]

如果你给的 不是别人需要或者想要的 这种给予就没多大意义 对方接受了也不会有什么感觉 如果别人给予的 你能用上 哪怕是一句赞美 也许欣然接受会更好 把它当作对方的一个礼物 收下了 两个人都

开心

［2015年3月9号 海浪］

水聚集在一起 成为汪 波浪给了它灵魂 之后才变成洋

我记得上小学的时候 作文课要写一篇关于植物的作文 我不知道要怎么下笔 后来作文老师说 不知道怎么下笔的时候就去观察 看那个东西是怎么样的就怎么写 然后就去我们大院花坛 观察了鸢尾半个多小时 拿着本子坐在花坛边上写完了那篇作文 得了很高的分数 老师甚至让我在教室前面朗读

我是在海边长大的 很小就会游泳 之前写过几次关于海的文字 总觉得闭上眼睛就能看到它 所以每次写的时候都会得心应手

记得 七岁的时候 坐在汽车轮胎做的泳圈里 应着海浪一下下漂着 有小伙伴尝试憋气潜水 想从我泳圈下面钻上来

十二岁 在农村姥爷家过暑假 暴雨将至 我和比我大两岁的舅舅在水库里泡着 空气变得凝重 能闻到四周田地里农药的味道 天暗下来 心里有暗暗的恐惧 却不好意思说出来 觉得会有 巨大的怪兽从水底钻出

来墨尔本以后下班后的一天夜里 因为师父生日 第一次去海边 看着两边的豪宅心想 将来要努力在地球这边有自己的家

一个人去 西班牙旅行 已经是深秋 海水变得冰凉 那时候自己在欧

洲旅行 到了最后的时段 忽然觉得寂寞 盯着地图看也不知道自己到底在哪里 晚上十点 莫名其妙地喝了酒 脱光衣服裸体跑去海里游泳 一头钻进水里 天地之间 没有了我 却又觉得 自己在世界的每一处

直到现在 还是喜欢海 只要有机会就会去海边坐坐 走走

我光脚站在海里 觉得 每一次浪来 都是一期一会 每一次浪去 都是来日方长

[2015 年 3 月 10 号 现在家里一直放古典音乐]

前些日子回国了一次 见见朋友 顺便聊聊新书 饭店 还有电影的一些事情

在墨尔本住了快九年 最初过来的时候学语言 在餐馆打工 后来开始学酒店管理 做了好几年厨师 再后来出了几本记录自己生活的书和绘本 去了世界各地的好多地方 再后来 回到墨尔本和三两好友一起开始做 Antone 一个设计工作室 一个人住 最近 Antone 每个周五都会请一个人过来吃饭 有自己的朋友 也有当地的设计师 律师 跳舞的人 打车时遇到的有趣的司机 我害羞的日本理发师…… 大家一起去市场买菜 买酒 一起做饭 觥筹交错一直到半夜 我喜欢和朋友一起做饭吃喝 有的时候出去一下子旅行十天以上 总要找个公寓 去当地市场买点菜在家做一顿吃 才觉得踏实 觉得自己像一棵树 有的时候会向上疯长 做饭 和朋友一起吃饭 会让我觉得结实 把根往泥土里扎得更深

飞机到了浦东机场 今年冬天似乎不是特别冷 上海公司的朋友和编辑来接我 我们在车上谈着公司最近发生的事情 计划着他们 3 月来

墨尔本的旅行 把行李放妥和朋友们一起去吃饭 川菜和火锅是我在墨尔本最馋的 这两个我都做不好 吃了口水煮鱼 一口米饭 喝一口青岛啤酒 心想 啊 我又回国了

接下来几天见了从巴黎回来的甜点师 Cindy 她说这次回来觉得上海变化挺大的 说她准备在上海开一个 教甜点的教室 招十个左右的学生 觉得会比开饭店有趣 也比较好操作 我们讨论了地点 到底是只做甜点还是也教西餐 厨房的布局 我觉得她做什么都能做好 说我特期待 她说 等你回来上海了 要过来客串老师啊 我说没问题 乐意效劳 后来我们往地铁站走 她问我这么多年没见了 你觉得我变了吗 我想了下说 长相没变 只是你那股从容劲 更发扬光大了 她笑 我问她 那我呢 她说 我觉得你比之前更自信了 我笑 不知道要说什么

和 Summer 约在叫一丈红的小饭馆 她给我几个吃饭的地方 让我选 我说就一丈红吧 这样才能红 要了一瓶黄酒 配上姜丝烫过 菜很下饭我一连吃了三碗 我们在聊情人节时合作的一个项目 她说她觉得 比“我爱你”更重要的是“我懂你”我说我觉得 两者都有才是最佳状态 漫漫长夜里要有 烟花 也要有月光 她说是是 我问她 那只有一个的话 你选哪个 她说 那我要烟火 这时候我们都有些醉意 她笑靥如花

因为电影的事情 临时去了趟北京 见到我心里的女神周迅 做采访前 她让人叫我去她的休息室 见到她我忽然拘谨起来 她笑着和我握手说 终于见到你了 我说是啊 她说 你知道吗 我也喜欢坐在公交车后排最左边的位置 我们有一搭没一搭地聊天 都站着 她时而在原地挪着步子 时而吃一个橘子 和我想象中的样子 一模一样

回墨尔本的飞机上 半睡半醒间 我觉得自己幸运 遇到了这么棒的人

即使说不清 但觉得自己肯定做了一些对的事情 才走到今天 心里想着 回墨尔本以后 一定要好好做人啊

我们每个周五 每请一个新的客人 都会做不一样的菜 把菜谱记录下来 以后打算出一本菜谱 叫作方长 朋友问我为什么要叫方长这个名字 我说大概有两个原因

你看餐厅里的桌子 一般都是方的 可以坐下几个朋友 一对恋人 大家聊着 吃着 过几年朋友又认识了新的朋友 恋人成家立业可能也有了孩子 这时候餐厅会把方桌拼在一起变成长桌 一下子更热闹了 吃着 聊着…… 所以方长是一种祝福 和 达到最好的状态的愿望

酒会喝光 宴席也会散 不过我觉得这也没什么 人生大部分时间都是处于一种或缺状态的 这样我们才活得 更有干劲 今天得不到的 告别得 忧心忡忡的 将来也会拿下 遇见 豁然开朗……

人生不用急 好吃 慢喝 来日方长

[2015 年 3 月 11 号 我之前 买的那个很贵的手表丢了]

我十三岁的时候第一次读《小王子》 读到狐狸说 “但是我已经有了麦田的颜色”的时候 合上书爬到农村姥爷家的房顶 坐在那里 第一次认真地看了一次落日

后来上了高中 读到小王子离开时 玫瑰说 “不要担心我 我还有我的刺来保护我呢”说着 她天真地露出那四根刺 明明之前读的时候都不喜欢玫瑰的 那次却红了眼眶

出国那阵子 看小王子在每一个星球的旅行 我不喜欢第二个星球上爱慕虚荣的人 却不怎么讨厌那个国王

再后来看结局那里 会想小王子是怎么回去的 也是被鸟带回去的吗 还是被蛇咬过 让灵魂走得更远 朋友问我 小王子是不是死了 我坚定地说怎么可能呢 他的玫瑰花还在等着他 他要为他的玫瑰负责

前一阵子 从海边回家的时候 我在车上睡着了 醒来后 才发现 只剩下自己一个人 以后的日子 可能要一个人过 也不想过得浑浑噩噩 想要过得充实 每一次夜里抬头 都能找到自己的星星 那星星上有满是清澈泉水的井 也有无声的麦田般的笑声

[2015 年 3 月 14 号 后来小白 特意问我 那天我们喝的什么香槟]

剧组演员来聚会 特别开心 小白说我为大家唱一首歌 说着就当众唱起来 *Make You Feel My Love*《让你感受到我的爱意》 唱歌的时候 他一直闭着眼 我觉得纯粹的人真好 和大家一起很开心

[2015 年 3 月 17 号 气泡水加蜂蜜]

我不要让我的未来 变成我过去的缩影

［2015年3月18号 他有一个上床的闹钟 晚上十点响］

过去 有几年单身 无论何时 都觉得自己在天涯海角

［2015年4月 飞鸟］

我之前 一直不喜欢 长毛又会飞的动物 我觉得它们在空中而不在人间 没有人味 又不懂疾苦 说走就走 说来就来 墨尔本到处有贪婪的海鸥和 垃圾箱周围不讨好的乌鸦 这些都让我敬而远之

后来 看过一个纪录片 叫《鸟的迁徙》 这让我看到了自己之前的狭隘

其实鸟的迁徙是一个关于承诺的故事

飞翔也并不代表自由 要奋力地向上 又穿越雷雨 原来只有坚持承诺 才能自由

［2015年4月12号 长大了 知道了酒的好］

站在时光里 看到它的流逝 会觉得力不从心 但 这几年总的来说过得很开心 有朋友陪伴 有梦实现 说不定 我是年纪越大 越迷人那种 走走看看吧 谢谢你的留言 问候和祝福 11号过去了 我三十一了

［2015年4月20号 航空公司 我喜欢Qantas］

回来墨尔本了 一时半会儿不会再走了 早安 终于 我的白天是 你的白天 只不过 你的春是我的秋

［2015 年 4 月 23 号 他们手牵着手］

活得累是因为心里装了太多的东西 跟吃饱了撑的一个道理

［2015 年 5 月 4 号 热牛奶配奥利奥］

想生个 女儿……背着她 宠她

［2015 年 5 月 13 号 我想］

好友醉酒 问我 恋爱这么苦 大家为什么还想谈 我想了下说 我们谈恋爱 又不是因为它甜 是因为恋爱时那种喜欢又想得到的心劲 才能走过 春夏秋冬 红橙黄绿啊

［2015 年 5 月 20 号 红色苹果手机壳］

不要因为 你的爱 而羞愧 我觉得爱人是一种能力 和骑车 游泳一样 这能力不要乱用 把它妥善地放到胸腔里 它会变成你的第二颗心

［2015 年 5 月 20 号 登喜路 钥匙包］

你是我曾经的 秘密 支柱 恋人 现在我变得成熟了些 可以独当一面了 还是会经常想起你 你好吗 抱抱我 我好喜欢你

［2015 年 5 月 21 号 老房子］

喜欢上了年头的建筑 新公寓当然让人欢喜 但一个房子只有旧了才会让我觉得 住得舒服 我会想 有人在这里的阳台向下张望等过她的恋人 有男生在厨房手忙脚乱地为朋友准备过晚餐 卧室里有人相拥入眠 也许有人在这里结婚又生了小孩 当然也会有 吵架的时候 也有一个人在这房间里觉得孤独的时候 甚至有人在这房间死过 在同一个空间里 和别人的生活交错 这让我觉得自由自在

经常听到朋友说 “但是那个 房子很新 所以应该很贵” 当时会在心里想 还好我喜欢的是 旧房子

一个房子 有别人住过不是一件很温暖的事情吗 全新的公寓 搬进去闻到的都是建筑原材的味道 一个上百年被几代人住过的房子 可以闻出来 有人在厨房里认真煮汤时的 小心翼翼

［2015 年 5 月末 关于爱的问答］

· 追求对方的时候 尽量保持自己的本色 改变自己太多 追到了会累

真的在一起了 品位 爱好 想法这些东西都会变 就由不得你了

· 那些羡慕别的恋人在一起有说不完的话 而自己和对象都是冷场王的小情侣 也许 那些说不完话的小情侣 会在心里默默地想 好羡慕他们俩啊 真有默契 一句话不说 也那么和谐不尴尬

真的想说点什么 又无话可说的话 牵着他的手吧

· 恋爱不是格斗游戏 有了招数就能放个必杀

应该像小时候玩的坦克的游戏 要左右奔波 眼明手快 藏在草里 滑在冰上 打着砖墙 才能守护爱的堡垒 对于恋爱我真的想不出什么捷径

· 我一直觉得如果真的在乎 就会有时间陪伴对方

每天烛光晚餐可能也不是她想要的 一条短信 “对不起 我今天又要加班了 你今天过得好吗 想你” 可能就够了

· 心里有爱 做什么都浪漫

· 真爱不管是靠缘分 还是靠主动出击 可能都要有

不过 真的成了百战不殆的将士的时候 缘分能左右的部分可能就越来越少了

· 爱情里的坚定是 刚拿到一粒种子 就在想今年一定风调雨顺 将来会五谷丰登

爱情里的疑惑是怕拿到 煮熟了的种子

· 我觉得自尊应该高高放在头顶 不爱自己的人 不值得被别人爱

不爱自己的人被别人爱了 会累 自己和别人都累

· 在感情中 感觉太丰富时 应该理智

思考得头痛的时候 顺着感觉

· 开始的时候 会 fall in love（坠入爱河） 这个时候 基本上是一种全方位受力 身不由己 自由落体的状态

之后呢 可以把力气用在彼此理解上

· 冷战的时候 通常我会想 如果你不认错 我是不会理你的 往往是过了几个小时 我就控制不住 以死皮赖脸地去牵对方手而和解

· 没有装爱情的冰箱 要保持新鲜 只能靠 不断耕种 不断收获

· 情人节这一天要过得 清晰 有说服力 简明扼要

· 好的爱情像熏肉 几年过去了 片去外面的腐败 里面依然味美可食

· 我觉得恋爱本身和年纪无关 当然形式会变 但爱的本身是不变的 不论什么年纪 只要全心全意地去爱 将来就不会后悔

· 没有目标的人 对我来说没有吸引力

· 完美的恋情我也不确定有没有 但我相信 有合适的恋人 如果还没找到 不要将就

· 我觉得 遇到对的人 才会更像自己

· 不要因为别人不爱你 你就不爱自己了（说起来容易 做起来难）

· 放弃过的人还能走到一起
但 和魔术贴一样 通常分分合合的两个人 最终还是要分的

· 给不了最大的钻石 可以给最好的爱

· 我是真的觉得 谈恋爱这件事呢 如果能 自然而然 保持性感就最好了

[2015 年 6 月 6 号 祝你生日快乐]

我没办法 早起 因为我和夜晚在 热恋中

[2015 年 6 月 16 号 老外说话发音的方式 和我们不一样]

早上起来 貌似听到雨声顿时觉得开心 看看手机 没有下雨 只好起来打球 冻死 但球技也不见长 orz……

最近心情很好 都要飞起来了 > <

[2015 年 6 月 21 号 我愿意陪你坐 过山车]

其实 这世界不大 去哪儿都差不多 关键是 你在乎的人 在乎你

[2015 年 6 月 24 号 美人的头发很美]

我遇到一个好人 希望这次不要 fuck it up（搞砸）

[2015 年 6 月 25 号 时尚]

之前住在上海的时候 我曾经帮一个时装杂志 做过翻译 基本上就

是他们发来 外国英文版的内容 我翻译成中文

有的时候会一边翻译 一边觉得好无聊 前言不搭后语 也经常出现没有任何意义的语句 已经没有意义到 我现在想举个例子都想不到了然后就胡乱翻译一通 给编辑的时候 她还会说 翻译得很棒哦 这让我觉得 时尚似乎不是一个很神秘的东西 但同时我又觉得 一件好看的衣服真的能改变一个人 这个又很神奇

我一直很羡慕模特 觉得他们不是普通的人类 不属于我生活的这个世界 只是坐在那里 就像一幅画一样 让人觉得害羞 我有几个模特朋友 平时一起吃喝玩的 都像正常人 但是只要出现在照片或者 T 台上就像换了个人一样 又变得一身仙气

我最喜欢的演员 Ben Whishaw（本・威士肖） 和 Prada 合作拍了广告 我现在最大的心愿就是有天也能和 Prada 合作 这样就觉得和他又近了一些

[2015 年 6 月 28 号 And the city]

[0]

大概是去年 10 月份吧 Tiffany and the company（蒂芙尼公司）的萨默和我说 明年 4 月份的时候 Tiffany 打算邀请你来纽约参加我们 Blue Book 的一个聚会 她说国内媒体我们只是选择性地挑选了几个人

我说太棒了 我想去 又问这个有钱拿吗 她笑 说没有 你算是我们的客人 到时候会有 VVIP 的待遇 非常高级

一个冬天都在期待这次旅行

Tiffany 的工作是 4 月 14 ~ 17 日 因为 4 月份正好是复活节假期 我打算提前去一阵子 可以在 Airbnb 上找个公寓 住个一周 再后来我们公司的 Jess 和 Harry 决定一起过来 一方面这算是我们公司第一次一起旅行 另一方面 我们也可以在纽约筹备一些《方长》的材料

2 月的时候萨默和我说你可以选机票了 商务舱 选好了以后把时间航班号给我 我们来帮你买 于是我第一次坐飞机没翻看几个网站比机票价钱 直接上了澳航网站 选了日期目的地 买了去纽约的机票 想着几年前去纽约 还是经济舱 选的最便宜的航空公司 相比之下觉得日子真的越过越好

我在 Airbnb 上选了两个至少能住三个人的公寓 Jess 和 Harry 订好了机票 就这样 我们的旅行开始了

［**在路上**］

去纽约的前一个晚上 我在家里收拾行李 萨默叮嘱我拿两套西装 我看了下我之前找工作时买的那套西装 已经不成样子了 于是只带了一套阿玛尼 想说 换换衬衣 领结 领带什么的 三天也就过去了

即使住两周多 也没觉得有很多东西需要带 把一个小登机箱放到托运的大箱子里 因为我们准备做饭 怕住的地方的刀不锋利 我还用裹刀布带了两把刀

本着一切都可以去纽约买的心态 装了些内衣内裤 一件大衣 一双

皮鞋 一个便携音箱也就差不多了

晚上一点上床睡觉 闹钟定的早上五点十五 也许是因为太兴奋吧 五点就起来 洗了个澡 本来想叫 Uber 的 结果发现可能太早了叫不到 于是拖着箱子来楼下 叫了辆出租车去接 Jess 一起去机场

我们到机场的时候 Harry 已经在了 澳航柜台的服务人员 态度特别好 她说你们要先去悉尼转机 在 LA（洛杉矶）停的时候拿行李 现在有空的航班可以提前安排你们飞悉尼 说着 她还给了我们三张快速通道的卡 说我们可以在悉尼机场用 上了飞机我就睡了 没多久便到了悉尼

Harry 出来前 在苹果店买了一个笔记本 我也买了个音箱 我们在悉尼机场办理退税 机场退税很麻烦 每次排长队退税我都觉得很窝囊 听说纽约机场是不能退税的 我觉得这点很好 也不用去想了

退税后 我们三个快速地到澳航休息室吃了点早餐 就准备登机了 Harry 和 Jess 是经济舱 我们之前在网上 加了钱选了相对宽敞的位置 快要登机的时候我们分开 我说我们美国见 Harry 招手说 好 美国见

我第一次坐澳航的商务舱 Wg 和我说 澳航商务舱的酒非常好 还说上了飞机以后 会有一套睡衣 你可以去洗手间把那个换上睡觉 我说我不想穿那个 多傻 他说 No no no 每个人都会换的 哪儿有坐十多个小时商务舱不换睡衣的呢 我说我就不换 穿运动服也会很舒服的 结果我喝了一杯香槟的工夫 发现旁边所有的人都换上了 睡衣

我也随波逐流换上睡衣 看了几集*Grand Design*（《全能改造王》）吃了午饭 躺着睡了一觉 看了一部电影*Julie&Julia*《朱莉与茱莉娅》一边看一边想 做饭是多么有乐趣的一件事啊 怎么周迅来我家做客的时候 我就把这种乐趣忘了呢 可能见女神我紧张 也可能是一下子来了太多人 又要拍照又要摄影的 而且那阵子我心里事特别多 上海朋友过来旅行 我和小多刚分手 加上要准备纽约旅行的事情 就有点力不从心

周迅特别好 我们一起在我家厨房准备沙拉让我觉得非常恍惚 我有几个墨尔本的朋友 非常喜欢她 问我说 能不能来看看 我本来想拒绝想说 如果她们就这样过来 站在那里看周迅 周迅也会很尴尬吧 但是又一想 能见到女神的机会一辈子可能也就这么一次了 女神都到我家来了 于情于理都要给朋友们开个绿灯啊 于是 一边做菜一边不好意思地和周迅说 我等下有几个朋友会来 她们特别爱你 我不知道要怎么拒绝她笑说 好啊 没事

然后我朋友就来了 这几个不争气的 进门就特别害羞 和周迅打了招呼以后就凑到我旁边 我师父更是夸张 进门后 直接和女神来了句How are you 我尽管很累 还是翻了个白眼说 彪吗 说什么英文 给她们倒了喝的 开始聊天 师父马上要去日本玩了 这时候周迅拿着酒杯过来我们一起站着一边喝酒一边聊 聊了很久 具体聊了什么我忘记了 反正我的朋友们都很开心 导演和演员来之前 朋友们就准备走了 临走还和女神合照了 我真在心里替她们开心

后来的晚餐做得挺失败的 让我非常愧疚 沙拉的酱汁有点苦 海鲜饭不够入味又特别咸 到后来我有点控制不住了 感觉要哭出来 一直在克制 饭后大家一起在拍集体照 我觉得时间过得真快 《陪安东尼度过

漫长岁月》剧组来澳大利亚快两个月了 我还在很恍惚的状态中 他们就已经结束了在墨尔本的拍摄 准备起程去日本

这段时间他们吃了很多苦 都是很可爱的人 心中也有热情 那晚导演很开心 像小孩子一样说了很多话

大家走了以后 我在沙发上躺着 跟国内来玩的朋友说 拍摄结束了你们在哪里呢 吃了吗 小西可以回来了 他们回复说 刚吃了饭 马上准备回家

我又给周迅发了消息说 谢谢你对我朋友那么好 她发了我们合照的照片给我 说 我们国内见

小西回来 看到我累成个熊样 他说你去洗个澡睡觉吧 我来收拾 他大老远来玩的 是我的客人 不但晚上不能让他回家 还让他洗碗 我真的不是人啊 但我还是点头说好吧 上去洗了个澡 再下来的时候 发现都被小西打扫干净了 完全看不出二十多个人在这里待过一晚上 吃吃喝喝过的痕迹 我说小西 谁嫁给你真的是修了八辈子的福分啊 他害羞地笑说 早点休息吧 我们明天还要早起坐飞机呢

反正前一阵子 觉得很多事都没做好 但最让我耿耿于怀的就是没有好好给我的女神做一顿好吃的 在心里下定决心想 到了纽约一定好好给大家做吃的

在飞机上 我又看了一阵子书 就到了 LA 了 一路非常顺利 我们讨论在飞机上都吃了什么好吃的 Harry 和 Jess 对澳航的热狗赞不绝口 Harry 说感觉飞机上有点冷 我说你怎么没要个毯子 他说他心里想 忍一忍也就到了（后来在我们旅行的过程中 花总结 Harry 是取悦型人格 我觉得有点道理）

我们在 LA 的机场买咖啡 Jess 说要中杯的 结果店员给了个比墨尔本大杯还大的 我们都很惊讶 同时又感觉 我们终于到了美国了 在 LA 我们从机场出去看了一下 天气很好 可以穿短袖 Jess 和 Harry 都觉得从这里看出去 很像中国南方的样子 我没去过 不得而知 后来又坐了五个小时的飞机 我们就到了纽约

[**SOHO**]

出了机场 已经快要天黑了 又下起小雨 我们准备打车去在 SOHO 订的公寓 便往出租车那边走 这时候来了个举牌子的高个子黑人 问我们去哪里 我说去 SOHO 他指着停出租车的地方说 那些出租车都不是去 SOHO 的 只去布鲁克林和皇后区 我觉得奇怪不想听他的 问去 SOHO 多远 多少钱 他看我不信任他 就说那随便你吧 就走开了 当时我觉得有点惭愧 觉得说不定他是一番好意 被我质疑才生气走开 又看着那边出租车停车点 已经开始排起长队 出租车也是普通轿车 根本放不下我们三个人的行李 于是我回去找那个黑人 这时候又碰到 另外一个高大的黑人 他问你们要打车吗 我想他们可能是一起的吧 我说是 他说好 那你们跟我走吧 于是我们三个像是中了咒语一样 想都没想 就跟着他上车了 车倒是很大 能装下所有的行李

上车之后他就开始和我们聊天 一边开还一边给我们介绍说 这个是什么桥 那个是什么公园 我身上没有现金 问他是否可以刷卡 他说不行只能现金 但是不要紧可以找个有提款机的地方停一下 这时候他拿出一个册子说 收费是按照这个册子上收的 同时又给我看他的驾驶证说 如果我有不满意的地方 可以打电话去检举他 我问他那把我们送到总共要多少钱 他说打车的费用 加上过路费加上小费差不多二百四十

美元 我当时一算 这么多钱都可以坐飞机往返墨尔本和悉尼了 心想完了 上了黑车 我说不可能这么贵的 他忽然提高了嗓门 说价格不是他定的 都是按照册子上的标价收费的 我将信将疑 这时候我们房东的朋友艾当拇给我发消息说 爱论现在不在纽约 他会来给我们钥匙 说他在家等着了 问我们什么时候到 我说马上应该就到了 请问打车从机场去那边大概要多少钱 我们的司机问我们要二百四十美元 他回答 Wow 不可能那么贵了 再多也不会超过一百的

我和司机说 他似乎犹豫了一下 但态度还是非常强硬 因为坐了太久的飞机 我们三个都很累 加上人生地不熟的 完全没有斗志 到了 SOHO 灰溜溜地给了他钱 他帮我们把 行李 拿下来就走了

这时候 Jess 看到旁边有辆出租车停下来 她过去问说 从机场打车到这里要多少钱 司机说加上小费不超过六十美元 我们互相看了看说被骗了

艾当拇是年轻帅气的德国小伙子 很热情地下楼接我们上去 我们说打车被骗了 他说对啊 但又能怎么办呢 还好你们安全到这里了 旅行的时候总会发生这样的事情的 我们住的地方是 SOHO 的一个 loft 进了电梯就要用钥匙上指定的楼层 电梯一开门 直接入户 这个公寓真的太棒了 我们受伤的心有所安慰 艾当拇很细心 告诉我们每个房间在哪里 有一些隐蔽的开关在哪里 给我们看冰箱里爱论给我们准备的吃的和啤酒 他说这个房子非常棒 他之前在这里住过六个月 本来这次也是住这里的 但因为我们在网上订了这个公寓 他只好去别的地方和朋友挤着睡了 我说很抱歉 给你添了麻烦 他笑说不会啊 我说 过几天你有空吗 过来吃饭吧 叫上一两个朋友 他说好啊 太棒了 我一定来 他临走前 告诉我们有个钥匙是后门的 但是估计你们用不上 用电梯上楼以后

记得关掉 否则别人也能来这一层 其他的没有什么了 有任何问题 随时联系我

我们把行李放好 每个人选了个房间 就准备出门吃饭 把门反锁后就坐电梯下楼了

尽管还是会想到 打车来的时候被司机宰了一刀觉得不爽 但是一想到有好吃的就又开心起来 我们去艾当拇介绍的那家饭店吃饭 发现爆满 服务员告诉我们要等四十多分钟 因为太饿了我们决定找别家 看到一个门口挂着 龙虾标志的长形小饭店 我觉得看起来很地道 决定去那里吃 我们喝了酒 吃了龙虾汉堡还有海鲜意面 酒足饭饱以后 往回走路过小超市 进去买了明天早上需要的东西 酸奶 芦笋 鸡蛋 牛奶……美国这边的超市有两种 一种叫 Pharmacy 里面有生活用品 也有吃的 有化妆品也卖药 墨尔本的 Pharmacy 基本上就是药房 另外一种叫 Grocery shop 这种商店 相比之下有点破破烂烂 但是很方便 可以买烟买沙拉和肉的外带 也有新鲜的蔬果

买了一袋子东西后我们坐电梯上楼 我在心里想 这种电梯入户的生活体验真的是太牛了 正想着 Harry 说 这个门打不开了……后来我们想 估计是因为我们出门时在里面反锁以后带上门的 三个人困在电梯和门口的狭小空间里 这时候灯又暗了 我使劲扭钥匙根本打不开 顿时觉得心很累 我和 Harry 说 我不好意思打电话给艾当拇 他一如既往地沉着冷静说 我们不是有后门钥匙吗 可以去试试 于是我们三个人来到楼下 这是一栋老楼 又有很多入口 我们绕着它走了一阵子 看到一个可疑的门 用钥匙一开果然好用 爬上四楼 开了房门 推开门前面的衣柜进到家里 虚惊一场

我住在房东的房间 他的房间不算乱 但是东西非常非常多 挂得满满的衣服 成沓的信和文件 光苹果笔记本就有三个 我所有的东西都不敢放到这个房间里 觉得放进去 就会石沉大海 再也找不回来

第二天早上 我做了荷包蛋 芦笋和熏肉早餐 房间里放的房东名为oh sunshine 的歌单 Jess 帮我打下手 Harry 在拍摄 对面 loft 一楼是Jil Sander 的店面 橱窗里的衣服剪裁简单 招人喜欢 当时我觉得很圆满 很幸福 可能因为这样的心态吧 在纽约的第一顿早餐非常成功

［Sleep No More］

白天的时候我们出去走了走 住的地方很方便 走五分钟就是中国城和小意大利 不知道为什么 中国城给我一种很不舒服的感觉 觉得非常萧条 令人情绪低落 我们三个人从 SOHO 走到 “9・11” 纪念馆 那里的游客很多 很多人在巨大的水井前拍照 我不理解他们为什么要笑嘻嘻地在那里拍照 水井有金属的边缘 上面有镂空的逝世的人的名字 整个广场非常地冷 风又很大 我们三个冻得瑟瑟发抖 大风偶尔把水井流下去的水吹上来 形成大片水雾

后来我们的好朋友 花就到了 为了迎接她 我们三个特意去超级贵又雅致的食品超市买了牛肉 我做了个红酒炖牛肉 见到花特别开心 她一如既往 精力充沛的样子 很快就和 Jess Harry 熟络起来 我们搬进来后 把最大阳光最好的房子留给了花 她简单洗漱了下 和我们吃了晚饭 大家就准备睡觉了 我帮她把行李拿去她房间 发现她行李特别轻 我说你都没拿什么东西啊 她说 对啊 你不是和我说拿空箱子来就好了吗 其他都在这里买 你看就连裤子我也只带了一条 我很佩服她 真的很响应

我的号召 花晚上的时候 会在电脑前忙工作的事情 看看她弄弄电脑 再点点手机 很轻松的样子 她和我说你别看我这样 这么一会儿我已经处理了很多件事了 早上的时候 她会和老公打电话 很亲昵的样子 让我觉得羡慕 吃饭的时候她说 我们应该看一场 Off Broadway 的表演 我问什么是 Off Broadway 她说 就是非百老汇的表演 一般百老汇的剧都比较固定 传统 Off Broadway 相对轻松也更多元 我想去看的这个叫作 *Sleep No More* 然后我们四个就订了票

Sleep No More（SNM）是一台在纽约市西 27 街和第十大道交会处 The McKittrick Hotel 上演的互动艺术剧 英国的戏剧公司 Punchdrunk 买下了三座废弃的仓库 并改建为这个虚拟的二十世纪三十年代风格的宾馆 SNM 的整个剧情线索由十来名戏剧演员分头展开 演员们在五层楼的宾馆各个房间奔波 交谈 打斗 暧昧 而观众们戴着白色的鬼魅面具四处游走 只能看到所有表演中的 一个片段

也因为这个 不同的观众眼里有不同的故事 SNM 剧本改编自《麦克白》 穿着美国二十世纪三十年代风格礼服的演员们事实上也各自有着《麦克白》之中的角色名 去看表演之前 匆匆地 google 了下《麦克白》温习了下 然后我们四个就叫了一辆 Uber 出发了 话说 纽约的 Uber 很好用 除了可以打车还能寄东西

预约订票时可以选择入场时间从晚上七点到八点 每隔十五分钟有一次 但其实无所谓 “酒店顾客”都必须排队 然后在酒店前台 check-in 先到先入 整个剧会在十点结束 所以事实上越早进入能够看到的内容越多

所有外衣和包都必须寄存 check-in 以后每个人会领到一张扑克牌 根据点数大小决定进入表演场地的先后时间 同行的人会领到相邻但是不同的点数 工作人员说 与其与一起来的朋友黏在一起走 不如自己看得精彩 感受深刻

拿到扑克牌后进入 20 世纪 30 年代风格的 night club（夜总会）休息大厅 台上就是金发碧眼的歌唱家 黑人钢琴师 西裔萨克斯手的经典组合 清唱爵士老歌 烟雾萦绕的台下布满二人小桌 用填满羽毛的玻璃灯装饰 旁边是卖酒的吧台 我和 Jess 花 还有 Harry 在拥挤的大厅里小酌两杯等待入场 花说她还是觉得有点害怕 不想一个人走 又和我说 我也不想和你走 觉得你不靠谱 走着走着 就会把我丢了 后来我们决定 花和 Jess 一组 我和 Harry 一组 因为里面不可以用手机 我们约定九点钟回到酒吧见面 这时候穿着礼服的主持人用二十世纪三十年代的口音呼唤“请拿着十点以下的顾客入住”

“入住”的顾客在进入电梯时会得到一张白色威尼斯鬼魅面具 并被要求在参观的全程都必须戴着 同时在进入酒店后禁止任何谈话 也不可以用手机 这样一来 所有顾客都是以匿名出现的 工作人员全部佩戴黑色威尼斯半脸面具 而演员们不戴面具 酒店中各种人的职能角色也就由此确定 整个酒店的光照都是暗淡得仅能让你恰好看见路 以及一张张白色面具在黑暗中飘浮

电梯到达后 就完全自由了 走了几步 我胆子大了起来 用手势和 Harry 说 我们分开走 九点在酒吧见面吧 他点头 然后我俩也分开了 我直接去了最底层 每个房间的摆设都是精细独特的对二十世纪三十年代的古典仿真 可以在档案室翻看陈旧的表格和信件或者研究厨房柜子

里的每一样餐具 基本上 除了演员外所有东西都可以摸 也能坐在寂静岭一般的带着污垢和臭味的病床之上休息 我找到一个模拟室外喷着冷气的树篱迷宫 在昏暗的灯光和角落里 诡异的音效或怀旧的老歌之下面具之后会产生一种在进行惊悚系 第一人称视角游戏的错觉

其实我觉得还是很吓人的 我遇到的第一个演员是在树林的塔楼里 一个酒店的护士在心事重重地写东西的样子 我走过去她也不看我只是继续表演 我看了一会儿 她忽然站起来 快速跑开了 我没有跟着跑觉得那样很窝囊

在其中一层 先生和小姐在 吧台门口吵架 我正看得津津有味 忽然背后有人拍我肩膀 我转头一看 原来是花 看她的身体动作 我就能感受到她看爽了 面具后面一张笑脸 她和 Jess 拉着手 没过多久我们就又分开了

之后我在一层看到一个劲爆的 那女的先是和男生吵架 男生跑开后女生撕心裂肺的样子 在场地中间跳舞 后来那个男的又跑回来 衣服破破烂烂的 又流了很多血 然后那个女的就把他衣服脱光了 全脱光哦我恨不得瞬移到那男生前面看看 但还是矜持地站在原地 没过多久那女生也脱了 我当时心想 这票价也太值了吧 后来两个演员滚了下床单穿好衣服跑出去 可能因为帅哥美女脱了的缘故吧 这时候房间里都是人 他们跑出去的时候 大队人马也如潮流一般跟着出去了 我嫌人多 独自往另外一个房间走了 这时候却看到让我印象最深刻的一幕

门童在 电话间打电话 后走出来 披上另外一个男生的衣服 在镜子前端详 我当时就想这个人估计是个小 gay（同性恋） 这时候另外一个

男生跑过来 和一个怀孕的女生在场地中间打了一架 男生跑开 门童把女生扶起来 带去了餐厅就离开了 我跟着门童 他在衣帽间拿出一张纸开始写信 我不知道他是写给谁的 他的英文非常优美 写着 Dear……我在一边看着也不敢靠前 生怕打扰到他 他一边写一边哭了出来 整个身体抽搐着 我能感受到他的悲伤 觉得心疼 这时候 Harry 出现了 他给我看看表 快要九点了 我依依不舍地和他离开了那个剧情 回到外面酒吧等女生 结果那两个人可能看上瘾了吧 过了九点半才出来 我们摘下面具开始大聊特聊

回去的出租车上 我说我们如果有时间再来看一次吧 我想知道那个门童最后怎么样了 他的信送到了没有

看剧看得好累 回家以后 Harry 在弄照片 花在打电话 Jess 在做今后几天的旅行计划 我问大家用不用洗手间 我想去泡个澡

躺在浴缸里 音响里是房东不知道从哪里找来的懒洋洋的音乐 点了几支蜡烛 回想过去的几天 心想这就是纽约啊 *Friends*《老友记》里的纽约 *Sex and the City*《欲望都市》里的纽约 *The Great Gatsby*《了不起的盖茨比》里的纽约 我在这个城市里泡澡

看到一旁的立柱 画着一道道的痕迹 写着姓名 和时间 心里想着这应该是房东给他的小孩量身高时 留下的记号吧 我小的时候 我妈给我量身高 也会在墙上画个记号 写上时间 想到这里 心里觉得暖暖的 把整个身子都浸到水里

[Friends over for dinner]

接下来的两天 我们打算请纽约的朋友过来吃饭

一早起来 Jess 和花就出去逛街了 花买了条裤子 我和 Harry 去了中国城 在水产店买了泥蟹 还有其他食材 让水产店大叔把泥蟹敲碎有很多蟹黄流到口袋里 除了螃蟹 我们还买了一些蘑菇和葱头 准备和家里剩下的春笋炒一下 Sissi 是我上一次来纽约认识的朋友 她是做模特的 那次我来纽约住在她和 Zeta 的公寓里 当时 Zeta 有自己的房间 Sissi 睡在客厅的气垫床上 她们那套纽约市中心的公寓很奇怪 因为只有一个房间所以房东就只给了一把钥匙 那个钥匙不能再配 于是她们两个人一起住的时候就从来不锁门 两个人换着拿钥匙 没有钥匙的人就爬楼梯回家 到了家就开门直接进去 我问她们都不怕丢东西吗 她俩说 没有什么怕丢的

我住在她家的时候 Sissi 和 Zeta 挤一张床睡 把气垫床让给我睡 当时已经是深秋了 她们家没有多余的被子 找了个夏天的毛毯给我盖 半夜 Sissi 起来喝水看我冷得缩成一团 于是找了两件大衣盖我身上 我当时很感动但不知道如何表达 只好装睡着

于是这次来纽约 我就又约了 Sissi 来吃饭 她带了朋友一起过来 还带了一盒子甜品 我问她最近好吗 因为我记得上次在纽约的时候她走了 Kenzo 的秀之后想离开纽约回国 她说她后来换了经纪公司 也搬家去了中央公园附近 她说她现在挺开心的 我们喝了一些酒 她问我们下午准备去哪里 我们说打算去个展览馆看看 她说 你们去 MoMA（纽约现代艺术博物馆）好了 就在时代广场那里 去了之后可以走去中央

公园

饭后我们收拾了一下就出发去 MoMa 了 可能因为自己太笨了 纽约地铁总是坐不明白 后来是 Harry 看图带我们乘车的 MoMa 很大 我们看了几个小时 看到很多很多名画 比如文森·凡·高先生的《星空》站在它前面看了很久 也没有看懂所谓传世经典的奥妙 只是觉得星星怎么那么明亮啊 想把它们印在脑海里

第二天我们请艾当拇和他的朋友来家里吃饭 我打算做一点不一样的 于是开始看房东的食谱 看到一个三叶草酸奶冷汤 觉得很棒 正好前几天我们在一个又贵又雅的超市里看到有三叶草卖 记下了菜单我们四个人就出去选购了 还买了很多当季的玉米 胡萝卜 青豆 也买了一块纹理漂亮的牛排

在家准备了大概半小时 艾当拇和朋友到了 买了一瓶酒带过来 他们俩都是德国人 在纽约读书 我把买来的时蔬用盐水加八角煮过 在冰水里过了一下 口感脆脆的 又很甜 做牛肉的时候 油烟太大 房间里的烟雾探测器响了 大家开风扇 开窗 开门 又扇风 忙活了一阵子 警报总算停下来 我当时很紧张 想说要是在纽约招来火警就尴尬了 午饭中间花没头没尾地来了一句 你们怎么看待马克思主义思想的 那两个男生呆住 连能言善辩的艾当拇 也显得面有难色 我笑说 花 你也太无厘头了 她喝了口酒 说 马克思就是德国人啊 大家都笑了 牛肉也非常好吃几下子就分光了 午饭后他们离开 我们几个简单收拾了下准备去空中花园（High Line）可能因为天气还蛮冷的 这里显得挺冷清 但四个人一起出来心情还是很好 High Line 上有一段路和旁边的公寓很近 有一户人家在阳台架了一台摄像机 对准 High Line 上的游客 我想他们住

这么近 应该深受游客往自己家里看的痛苦 这样一来 “相看两不厌 唯有敬亭山” 旁边还写了一个标牌 如果想要看自己的视频 请登录以下网站 …… 我觉得非常纽约

太阳快要落山的时候我们从 High Line 下来 打算去韩国城找个地方吃饭 从 High Line 去韩国城要走一阵子 这时候夕阳从我们背后射过来 整个纽约市在金黄的阳光里显得大气磅礴 没有多久天就黑了 我们进到市区 十字路口处有立起来不高的红白相间的烟囱 向外吐着水蒸气 配上匆忙的街景 我总觉得随时 都会有超人或者 蜘蛛侠出现

第二天一早 我们搬家去了布鲁克林 几个人抬着行李上了出租车过大桥的时候不禁再次感叹 纽约真大啊 没有多久我们就驶进布鲁克林 车子在一片看起来是工业区的 楼房前停下来 四周显得很荒凉 我们按照房东的指示找到了钥匙 进到公寓里 又不知道怎么用电梯 正好大楼管理员走过来 把我们带入货用电梯 关了闸门把我们送去三楼 一出电梯就闻到一股大麻味 整个走廊狭长又高 感觉自己是在 某一个办公大楼里 进了房间后 我们都选了自己的卧室 我想我可以和 Harry 睡一间 他说他睡沙发就行 房间里到处都是房东留的字条 不可以这样 要如何如何的 很好奇她是什么星座

我们去艾当拇推荐的 pizza 店吃午餐 他说有个菜单上没有的 pizza 叫 Beeast 只有熟客才知道 上面只有番茄沙司 墨泽瑞拉起司 辣椒 烤红圆葱和很多很多蜂蜜 非常非常好吃

下午的时候我们去海港坐船看自由女神 船里面有世界各地的人 我能想象到 当年一群来自天涯海角的人 追寻梦想来到美国的情景 自

由女神没有我想象的那么大 我终于能领会到《泰坦尼克号》里 Rose 被救到了美国以后抬头看到自由女神时的失落表情 我们的船到了对岸 本来想出去看看 结果发现港口附近都没有什么 正好天也凉了 我们决定往回走 走到一半发现船要返程了 闸口马上就要关上 于是我和 Harry 拔腿就跑 Jess 跟在后面 只有花一个人 只是快走几步 不愧是大家闺秀和见过大世面的人 我在前面喊 花你快点 她表情显示上收到信息 但是仍不加快脚步 眼看着闸口关了 我们还要等一个小时才能有回去的船 还好我去鱼缸看鱼就看了半小时 开开心心地坐船回布鲁克林 我们几个都想吃中国菜了 问 Sissi 她推荐了一个叫锅大爷的火锅店 我们打车去 感觉走了好远 但不得不说这是我们在纽约吃的最好的一顿饭 大家吃得心满意足的 饭后我们叫 Uber 叫不到车 出门时正好一辆深色面包车停在门口 上面写着电召车 我去车窗那边喊司机问他走不走 司机慌忙放下手里 iPad 说走 然后我们上了车 都坐在后面 司机的 iPad 就放在他旁边 上面还停留在他看的色情网页上 我想这师傅的工作应该也挺无聊的吧 还要看这些打发时间 我当时说了一句好笑的话 Jess 一下子笑了 具体说了什么我想不起来了 总之很聪明 下车的时候司机给了我们一张名片 他说你们这几天叫车都可以找我 比打车便宜 果然之后 我们入住新的酒店 还有回程去机场都找的这些华人司机 有个司机非常健谈 和我们聊天说 他一句英语都不会说的 在华人区生活不用说外语 还告诉我们他是怎么偷渡过来的 非常精彩

最后一天 我们四个人在第一天住的公寓旁边吃了早餐 就算是散了

花要回去工作 Jess 要回墨尔本上课 Harry 会在纽约多住两三天 然后回国 我要入住市中心的酒店 接下来几天参加 Tiffany 的活动 吃了饭以后大家就各奔东西了 大家都感叹我们四个很能玩到一起 下次

还能一起旅行 以后也要保持联系

［New York］

工作都结束 离开纽约的那天 我约了花早上见面 一起去中央公园走走

在酒店大堂见面 因为工作都结束了 已经是要归去的心情 于是两个人都很放松 明明酒店就在中央公园旁边 但因为四周都是摩天高楼 并不知道身处哪里 问了路人 我们朝公园走去

想吃点早餐 看到一个不起眼的小店 我们走进去 这才发现这是一个很传统的卖鱼籽的店 价格不菲 两个人买了一小盒鱼籽 和一些面包 一小瓶香槟 又问老板要了两个纸咖啡杯

在中央公园 旋转木马对面的长椅上坐下来 我笑着说我们应该去坐一下旋转木马 她说 那个坐起来晕 光看着都觉得晕 我说那你再喝点酒 把鱼子酱抹到面包上 我们一边吃一边聊天 我和她说 我这次来纽约总算体会到 全世界第一大城市的感觉 以前觉得 美国人很自以为是 全世界那么多大城市 上海 就是 Shanghai 伦敦就是 London 墨尔本就是 Melbourne 唯有纽约 叫 New York City 好像只有它是城市一样 现在想想 纽约真的是我见过的最像城市的城市 它像一个公园 一个剧院 一部电影 一个故事 一个梦 我很敬佩在这里生活 仍能保持存在感 并找到归属感的人 他们非常迷人 花点头 表示赞同

吃过东西 我们在公园里走了走 这公园很大 大得站在公园的中心 纽约最高的楼都看不到了 这时候很多的树都抽出绿芽 早春的花也开

了 后来我们在十字路口道别 我心里有种我们 接下来都会很好的 预感 因为我们都见过城市最真实的一面了

[Tiffany & Co.]

最近几年 偶尔有陌生人问起我是做什么工作的 我都会说我是做广告的

对方会问 做什么类型的广告

我就说 给一些品牌写中文文案 比如 蒂芙尼

一般这时候都会看到对方眼睛一亮 说 很棒哦

我想这就是这个品牌的魔力吧

我平时不戴首饰 对于蒂芙尼这个品牌也是出国以后才知道的

那时候刚出第一本书 销售得比预期要好 拿到第一笔版税的时候 我想买份礼物送给我们插画师 echo 当时阴错阳差地走进蒂芙尼 于是开始了我们的缘分

这次被蒂芙尼邀请去纽约 短短几天里 在纽约旗舰店里经历了 breakfast at Tiffany 在大都会博物馆的埃及神社前吃了午餐 目睹了 Blue Book 系列 无与伦比的璀璨珠宝 也坐了直升机俯瞰整个纽约地标……

对于周末经常赖在床上 偶尔找出来蒂芙尼广告 一遍遍翻看体会对那句 Charles Lewis Tiffany is that kind of dreamer 深记于心的我 这一切都像梦一样

整个旅行中印象最深的两处

一个是 参加 Tiffany Blue Book 的珠宝展览 鉴赏完价值连城 绚丽夺目的珠宝以后 我们被邀请去顶层的制作工坊参观 经过一个保险箱样子的房间 好像是《哈利·波特》里 穿过石墙来到魔法世界 里面有很多工作台 也有很多穿着白色大褂制作珠宝的工匠 我走到一个工匠前和他打招呼 他很温文尔雅 温柔又认真的样子 他给我看一颗他正在切割的钻石 明明已经光彩夺目了 他说他才完成工作的两成 我当时想 什么样的爱情才配得上 这么美的钻石呢

另一个是 我们在旗舰店一楼参观的时候 一个看起来五十岁左右胖胖的 说起话来像小鸟一样的女士 她在给我们介绍黄钻 说仅有两位女士曾有幸佩戴过 “蒂芙尼传奇黄钻” 一位是社交名流玛丽·怀特豪斯夫人 另外一位就是奥黛丽·赫本 于 1961 年佩戴黄钻缎带项链出现在电影《蒂芙尼的早餐》的宣传海报上 她说有一次下班的时候 她要把黄钻从陈列窗里拿出来 放到保险柜里 这件事她做过成百上千次 那一次四处没人 她忽然有了把这条项链戴上试试的冲动 可是刚刚把项链戴过头顶的时候她就停止了 她说她深知不该对黄钻这样无理 于是就又把它放回保险柜里 但是她又说 光是把黄钻套过头顶的那一刻 她就已经感觉到了整个人的变化 她说 我经常想 人生不是基于一个人所活的时间长短计算的 而是取决于 这样一个个神奇的时刻

十二岁的时候 我特别害怕死亡 嘴里生个溃疡 都觉得自己命不久矣 当时我问给我补习的家庭教师 如果人都要死 为什么还要来到这个世界呢 人活着的意义是什么呢 她估计二十岁左右吧 用她政治课上学的理论给我解释了一通 也没说通

二十二岁的时候 从中国来到墨尔本 对爱情有好多看法 那几年爱过几个人 也被人爱过 出过几本书叫《陪安东尼度过漫长岁月》 其实是 给自己的情书 当时写“你是否 正在爱着某人呢 如果是的话 一定要很用力 很用力地爱” 也写过 “我相信 那些惴惴不安的未来是明亮的”当时写的都是我 深信不疑的东西

现在三十几岁了 没有十几岁那么怕死 不能说看透了人生 但是多多少少体会到一些端倪 二十几岁的豪言壮语 倒是很少再说了 那时候说的话 写下来的东西 现在还是相信 只是不会把它们当作盔甲穿戴 横冲直撞了

雨天打伞 入秋了可以穿风衣 正式场合要穿西装 平时一件白 T 恤 冷了就加一件 不该穿的就不穿 能放到身上穿着的 也都能一件件折好放下 这是我现在穿衣服的概念 对于人生的理解可能也是这样

关于爱呢 很多时候觉得自己不够好 不够坚持 看过最美丽的钻石 却得不到最好的爱…… 好在这么多年过去了 关于爱 还是想要

三十几岁的日子 想抬头挺胸 踏踏实实地过
不想再和 未知的人 经历相同的事情
而想和相同的人 一起体验未知的人生

每次在看到蒂芙尼钻石的时候 我都会想 有朝一日我会遇到一个人 我们会把戒指戴到彼此的手上 从此以后在每一个 爱与被爱的时刻 我们的身体都会闪闪发光

[2015 年 7 月 6 号 飞机 云]

上初中的时候 看张艾嘉拍的《心动》 稚气未退的金城武躺在旧公寓的屋顶 拍下一张张天空的照片 片尾 长大后的女生坐在飞机上 打开长大后男生 在她上飞机之前给她的盒子 有一张字条 上面写着 这是我想你的日子 我把它们送给你

里面是一张张天空的照片 清晨 傍晚 下午 冬日 照片后面简单地书写着日期

我觉得我喜欢看天一定和那部电影有关 不过能想起来 上幼儿园的时候就喜欢看天 在小操场上指着蓝天 让小伙伴看 飞机拉线的情景

[2015 年 7 月 27 号 不在咖啡店上班 在那里工作]

想做你 清晨的 第一口咖啡 加奶的和不加的

[2015 年 7 月 28 号 PINZA'T]

有人说 安东尼现在就是个 IP 连电影名字里都有 上节目也会被提到 听起来觉得挺棒的 问他 IP 是什么 "陪安东尼度过漫长岁月"这行字 只是我当时的一种情绪 结果一写就写了十年 现在成了电影的名字 我有点像盲人摸象 认不出来它 但我清楚地知道 它终究会从一个 IP 回归到之前的那种情绪 "我是背着雨水 上山的人 过去是 现在也是"

［2015 年 7 月 31 号 我有个胖胖的朋友 我很喜欢他］

不知道是因为中暑 还是中午吃的东西不对 一天都很难受 没有精神 脸都不想洗了 想睡觉 结果酒店网络有问题 有个采访 一直没发出去 采访的问题 有的好奇怪不知道怎么答 有个问题说 爱情在你人生中扮演什么角色…… 我就傻眼了（翻白眼） 想回复 生命不是戏 爱情不是演员

［2015 年 8 月 8 号 回到沈阳］

和小野在吃饭 觉得人生真的过得好快

［2015 年 8 月 10 号 宇宙无敌美少女］

三年前的一个雨天 你从香港飞来墨尔本 我们在海边的饭店见面 你笑着和我握手说 你好 我是 Amy 钱小蕙 从那一刻起 这个电影开始了 你一直是我的老师 前辈 好朋友 遇到你 我很幸运

［2015 年 8 月 11 号 Whitechapel Gallery（白教堂画廊）］

早上在家磨叽 上车后我说大连北站 九点五十的火车 司机说来不及 我也觉得够呛 说你先开吧 结果他是个疯狂司机 各种边线超车 下车我又是一路狂奔 竟然赶上了 如果能把每次我在机场 火车站狂奔的样子 录个视频就好了 肯定特热血 特爽

［2015 年 8 月 14 号 忽然 我就和白洁成了好朋友］

寂静成一种危险 就深信有穿蓑衣的人从远方赶来

［2015 年 8 月 20 号 维生素 B 管用］

想怎么爱就怎么爱吧 在爱里面 什么伤 都能痊愈 不留疤

［2015 年 8 月 25 号 飞机能飞 你不觉得很奇妙吗］

见面吃个饭 喝个酒 我还觉得远远不够 你是我的好朋友 想牵着你的手在我的生活里徘徊 明天就要飞回墨尔本了 明明期待很久 今晚翻翻这次回国后的相簿 又有点伤感 我回去过我的生活 地球转啊转 你们在这边继续你们的生活 地球转啊转 明明才十个小时的飞行距离而已 怎么觉得像两个星球似的 就没了干系

［2015 年 9 月 25 号 面部清洁 我喜欢用带油的］

如果每个人的人生 都是一部自己主演的电影的话 旅行时 我可以把这剧本放下来 在别人的故事里 做一次路人 临演或者配角

［2015 年 9 月 27 号 谁都能爱上的时候 就谁都爱不上］

今天过节 在酒店吃午餐 选了香槟畅饮 一瓶多下去 现在回到房间有点眩晕 回想过去几年 觉得人生奇妙 谢谢亲戚朋友 千里来相会 并千里共婵娟

[2015年9月28号 王安]

和特别美好的时装编辑见面 她看过我的书说喜欢 拍摄视频的时候 她给了很多帮助 挑了很多好看的衣服来 明明生病 却全程陪着 工作结束 我发消息给她 说你怎么那么好 她回复说 因为你才变好的 所以谢谢你 鞠躬 我觉得写书这么多年 如果陪伴过你一点 激励过你一点 那我真的 如愿以偿 太幸福了

[2015年9月末 雾]

这里说的是雾 不是雾霾 而是空气湿度达到一定程度 水汽悬浮在空气中 形成地面能见度低的状况

比起雾 我是更喜欢雨天的
起了雾 便觉得被困住了一样 哪里也去不了

有的时候 去公园跑步 发现起了雾 还没开始跑 衣服就已经湿了 索性散起步来
每次深呼吸 都觉得呼吸系统被喷雾喷了一个来回
有的时候 忽然起了风 水汽随着风走 于是能寻觅风的痕迹

有的时候我会觉得 也许雨和雾也分不了那么清楚 有时候看到你哭了 我的心里就起了雾

［2015 年 10 月初 遇见］

［0］

我一直相信 该遇到的人 总会遇到的

［1］

出国十年了 刚开始在墨尔本的街道上走 觉得恍惚 感觉自己怎么就置身他乡了 看着街上一个个高挑的黄毛 听着外国话 闻着空气里香水的味道 心想这里不是我的家 但是我要好好地过 于是挺胸抬头地走

这十年 一步步走来 没有大起大落 但也有很多事发生了

比如 我从开始的金融专业换成了厨师 学习了酒店管理和室内设计 出了七八本书 去过十多个国家 买了房子 谈过几次恋爱 现在 由我的书改编成的电影要搬上大银幕了 电影的名字就叫 《陪安东尼度过漫长岁月》

今年 8 月回来配合电影宣传 上了很厉害的杂志 出席了一些活动 亲眼见到了一直喜欢的明星还和他们讲了话 后来几乎按照一天一个城市的速度跑书店签售 坐在书店派来接待的面包车里 看着外面的街道 有光着膀子过马路的民工 明星代言的公交站台 样式各异的楼房 还有可能从来不曾离开这个城市的 忙忙碌碌的人 当时心想 忙完这一阵子就回去 回墨尔本过平常的生活

十年来很多事情都变了

［2］

但仔细想下 又没怎么变

十年前和我一起玩的朋友现在还是在一起玩

萌萌留在大连没有来澳大利亚 她去了家外资企业管账

欧文一直在阿德莱德做汽车生意 一直说准备好了就来墨尔本 但是一直也没来 其间我们见过好几次 也一起开车出去玩过 经常通电话

那鬼在市场卖包 生意很好 结了婚 生了个可爱的女儿 他偶尔会打电话跟我说 这周末来我家吃饭吧 小妍熬了汤 等市场关门了 我开车去接你 差不多下午五点到你家

师父在墨尔本买了房子 我帮她选的房型还有屋子里涂料的颜色 她养了猫和狗 偶尔来我家吃火锅 她还是很多话 也帮我出主意

有一年我回家过年 约伍舟和高中同学一起打扑克 结束后伍舟送我的高中同学赵楠回家 结果两个人就好上了 结了婚也生了小孩

小四还是很忙 全力以赴在做电影 那是他喜欢的东西 我和ZUI（最世文化）的朋友没经常见面 但一直保持联系 像家人一样亲近

我的室友小野 回沈阳以后也找了很好的工作 成了家 他偶尔发消息问我 老大 你怎么样了 什么时候回大连啊 我去看你 他知道我过几天要去沈阳签售 说一定要过来给我助威

小托后来去学了园艺 他妈妈从墨尔本搬回乡下老家 他姐姐和妹妹结婚的时候都叫我去 觉得亲近 小托也经常和我联系 有的时候他开车带我去山里转悠 他说 我过去不懂事 伤了你的心 现在后悔了

echo 离开墨尔本 去北京工作 还是瘦瘦的模样 变成电视里面那种社会精英了

这几年也认识了新的朋友 Harry Jess 啤特 钱 River 文森和琳 经常见面 彼此照应 他们也认识了我之前的朋友

我爸妈退休了 卖了大连的房子 搬去农村 我的收入都是汇去父母那里的 需要钱的时候问家里要 但我爸妈还是省吃俭用 我觉得这是个习惯 改不了 我爸有个本子 帮我记录每一笔进出的账

我呢 身高还是183厘米 体重总变但也就六十五公斤的样子 还是不喜欢戴首饰 没有文身 写东西还是喜欢蹲在椅子上 最喜欢吃的菜仍然是西红柿炒蛋 谈恋爱会患得患失 做了坏事会自责 看电影会哭 想有肌肉又懒得锻炼 人多的时候还是会不自在 吃饭快 吃完就胀肚 喝酒也快 和好朋友一喝就多

还是会想 我为什么来到这个世界上 将来要去哪里
还是会想 到底会不会出现一个与我彼此相爱的人 觉得 应该会

[3]
最近接受了很多访问 比如
怎么想到 要拍电影的 这部电影你参与了多少
你觉得 刘畅和你有什么相似之处 你为什么不自己来演
怎么看待青春类的电影 还有畅销书改编变成电影这件事
和周迅是怎么合作的 合作当中有什么有趣的事吗
对电影的票房有什么期待

有的时候我愣在那里答不上来
其实 我没有想过要把我的书做成电影 正如我一开始也没想出书一样 起初只是出国后开始写blog 写了一阵子 被朋友推荐 在杂志上写了专栏 专栏写了一年多 把内容放在一起 出了书
这次拍电影也是这样

如果只是随便一个有钱人 想借着这本书的畅销 随便把它拍个电影 我是一千个不愿意的 因为我觉得这是我自己的人生 而且我准备一直写下去 不想随意给人糟蹋了 我也不信这本书可以拍成好电影

后来 我们的监制钱小蕙同学在网上看到我的文字 买了书 她很喜欢 准备把它拍成电影 她说 我得过来看看你 要看看你本人和书里的样子像不像 这样我才会有信心 被她这么一说 我一下子觉得亲切起来 没有多久 我们就在墨尔本见面了 谈话当中 她对《陪安东尼度过漫长岁月》如数家珍 我能感觉出来 她的情怀和对这本书的爱 她回去之后就着手创作 她问过我 是否可以把它改成剧本 我说我不知道怎么下手 也不会写剧本 她说 没事 我找一些合适的人来改编这个剧本 后来她找了一圈 决定自己和几个朋友来做这件事 剧本出来了 她发给我 让我给点意见 我还是觉得不可思议 也没办法像工作一样去审视自己过去的一段生活 关于这部电影 我只想做一个原著 然后迫不及待地去电影院看看 这本书 被一群喜欢它的 非常专业 又出色的人 拍成什么样子 对于我 它是一个礼物 而我并不想参与制作 把它变成商品卖出去

有一次我回家路过香港 去看她 她说我们这个电影也许会有一个很厉害的电影人参与进来 她是个很棒的女演员 我问是谁 她说 zou suen 我说我不认识这个人 她说你一定认识 于是在手机里翻图片给我看 我当时差点开心得喊出来 原来是我最喜欢的周迅 小蕙说 这件事还没确认 你不要和别人说 我说好的好的 离开饭店我就打电话说 妈 周迅要来拍我的电影了 后来我和她见了面 我没有很紧张 但害羞得不知道说什么 没想到她也是很害羞的样子 像个小孩在原地打转 偶尔对我笑一下 说 你知道吗 我也喜欢坐在公交车后排最左边的位置 后来我们也见过一次 加了微信 这次回国宣传之前 我在微信上和她说电影要上映这件事 我还是觉得不真实 可能得上映之后我才会感觉到 她回复说

可能也会有不真实感 我到现在 偶尔也会觉得自己怎么会这样（笑）

我不知道 我们这个电影算不算是一部青春类电影 也不清楚 这本书卖得好会对这个电影有多大的帮助 选角的时候 小蕙和周迅见了很多演员 也有人从票房号召力考虑 力荐有着百万粉丝的当红男明星 周迅觉得感觉不对 和各方角力 小蕙告诉我 一次试镜了一个特别红的男生后 周迅说 我们找这样一个人演《陪安东尼度过漫长岁月》对得起安东尼吗 后来他们选了刘畅 发照片来给我看 我觉得看起来踏实 好看 感觉是个好人 后来定了他 在墨尔本拍摄期间接触下来 觉得他比我还细腻 能吃苦又很用功

电影做出来了 我在光线传媒的公司里看了一点样片 看了不到半小时就哭了 不知道要说什么 发消息给小蕙 导演 还有周迅说 我看了一点样片 觉得很棒 谢谢你 我们的导演秦小珍 有点像个孩子 别人表扬她的时候她就害羞不知如何应付 讲到电影 她又变得眉飞色舞 她吃了很多苦 但是从来不喊累 我去探班过几次 她手上缠着绷带 我知道她脑子里在处理很多事 动不动就不吃饭 电影首映调期 我和导演一起吃饭 我说我看了一点我们的电影 我觉得和书的感觉很一致 非常感谢你 她那么坚强的一个人 一下子红了眼圈 要哭了 定了一下 然后笑着说 那就好 那就好啊

我当然希望这电影受欢迎 但是对票房没有任何期望 我只希望它是一部让人舒服的电影 希望看了我的书 又去看电影的人 也感觉收到了一个礼物

[4]

我们剧组的人都成了朋友 有天我和刘畅的经纪人 Clay 在上海街上溜达

他说 安东尼 我不是很懂你 一个关于你本人的电影要上映了 却没感觉你有什么兴奋的样子 好像和你无关似的

他说你知道吗 一部电影出来了 它不像电视剧 不像一本书可能过一阵子就会被人淡忘了 它会像一颗星星一样 一直在那里

我想 是哦

在光线传媒和他们的领导们吃饭 李总和我说 有一些电影 也许有特别好的团队 或者特别红的主角 但是大家对它没有爱 那这个电影也不会好 一个电影好像一个小孩 只要大家都真心对他 希望他好 那么他就会好

我点头 是哦

所以我就觉得我们的电影会好 因为我们的所有制作 宣传团队都这么爱它 相信它

2015 年 10 月 16 号 在电影的天空中 会出现一颗星 它叫《陪安东尼度过漫长岁月》

它不是我本身 却会闪耀着似曾相识的光辉 它也不会和你阅读时感受到的轮廓一模一样

却一定会映出 曾经陪伴过的日子

［2015年10月10号 red or white］

妈爸上个月来墨尔本 我买房子以后他们第一次过来 妈在我家住了几天 她和我说 没想到儿子把日子过得这么好 她说我家水泥地光脚走来走去对身体不好 于是把瑜伽垫铺在厨房 当时想我妈一走就撤掉 结果却一直留着 做饭时候 踩在上面 感受到妈妈的温柔

［2015年10月中旬 我爸］

［1］

我之前写过很多我和我妈之间的事情 很少写到我爸 总觉得关于我爸 好像没有什么好说的 到澳大利亚以后我几乎每周都会往家打两三个电话 每次都是打给我妈 有的时候我妈说 你别总打给我啊 有的时候你要打给你爸 你爸那么爱你 你要和他多联系 然后 下次我就会打电话给我爸 每次我和我妈通电话都要十几分钟 半个小时 和我爸就感觉没什么说的 一般电话通了 他会问 亮儿你最近好吗 我说都挺好的 你呢 他说 我都挺好的 你好好照顾自己啊 刚出国那阵子 他会问你手上还有钱吗 要不要爸爸给你汇点 现在问得最多的是什么时候回家啊 我回答以后就感觉这对话无法沟通了 我说那没事了 爸 我先挂了 他总会轻快地说 好 你好好照顾自己啊……就这样 下次我又打给我妈了 和我妈通电话什么都可以讲 工作上的事情啊 农村的事情 亲戚的事 对事情的看法啊之类的 总可以聊个没完 这时候我妈就会说 你爸和我说 你前几天给他打电话了 念叨了好几遍 特别开心

我爸是农村长大的 我妈也是农村长大的 我大舅是我爸高中时的化学老师 那时候我爸和我妈家 步行有半个小时的距离 隔着一条河 可

能我爸那时候就对我妈有意思吧 放羊总放到我妈家门口 我妈比我爸大一岁 那时候已经开始教小学了 所以我爸那时候叫我妈孔老师 我妈算是书香门第 按理说不算门当户对 但是我妈我爸还是好上了 问起我妈来 她说 经常看你爸拾草捡粪 特别能干 见人笑呵呵的很友善 我爸是个好人这点是毋庸置疑的 不过我妈跟了我爸 我觉得还有个原因是我爸很帅 我妈经常和我说 你爸年轻时 身材笔挺 英俊潇洒 比你还帅 这时候我就想翻白眼 没办法 谁叫我爸是我妈初恋呢

我爸 183 厘米 比我还高点 高中毕业以后他就离开了农村 入伍去了西安 他们一直保持书信联系 后来我妈跟他去了部队 两个人结了婚 就有了我

［2］

我出生没多久后 我爸他们部队整改 变成了工程局 就这样我百天之后我们全家回到了大连 我爸勤苦工作 本分做人 一步步地从出纳 变会计 变科长 变成总会计师 我妈在大连当老师 我就在这样“无忧无虑”的小康家庭中长大

我出国没多久 我爸工作调动 他从岗位上下来了 后来也有被返聘或者去别的工程处当副处长的机会 我爸说不去了 不想和我妈分开生活 我知道他当时心里是不好受的 整天打麻将 郁郁寡欢的样子

我出国差不多三年的时候 我妈带我爸出国看我 说是看我 其实更主要的是带我爸出来散心 那时候我刚换专业 学厨师学了一年多 在考虑出海当水手 在船上做饭又省钱又能看看世界 我妈我爸来墨尔本我当时官邸的老板娘让他们免费住在我们最好的房间里 我妈下楼看到我

戴着围裙在厨房里工作的样子 当时就掉下眼泪 我那阵子打三份工 也没怎么陪我妈我爸玩 和我妈说我想当船员 我妈不让 再加上我爸身体不好 气氛非常压抑 本来两周的假期 但玩不到十天的时候 我妈就和我说他们想提前回去 我记得很清楚 当时在机场 我和我妈置气 登机前她说要合影 拿着相机叫我请一旁的老外给我们拍个合照 我说不要 有什么好拍的 然后我和我妈就争执起来 我爸也在一旁说别拍了 我妈很倔强 自己跑去老外那里比画一通 于是我们就有了那个合照 照片里我爸一脸忧愁强打起精神 我一脸酸样不开心 我妈笑得坚强但不游刃有余

把他们送上飞机 我心里就开始难过 觉得干吗那么别扭 让我妈不开心呢

[3]

这几年写书 出版了几本卖得不错 买了房子 我爸我妈退休了 搬去农村生活 我爸每天种地开荒 在农村的一个信贷公司给人当顾问 生活一充实身体也好了起来

我和我妈说 我买了房子了 你和我爸过来看看吧 我妈说好 说你二舅的公司前几年特别忙 也说要散散心 到时候和你二舅 舅妈一起来

于是在我出国的第十年 我爸我妈又飞来墨尔本看我了

我家不大 白天公司还要在那里办公 于是我给他们四个人租了一个我们楼里的两室两卫的公寓 结果他们来的前一天 公寓房东和我说那个房子的空调出了问题 给他们调到离我家四公里左右靠近公园的一

个公寓

因为有上次一起玩不愉快的经历 这次我爸妈来 我心里很紧张 欧文给我出主意说 叫上媛子（我师父）让她陪着聊天逛街 我和师父说了 她说没问题 我们去机场接我爸妈 他们的精神状态都非常好 我妈第一次到我家 四处看看说 儿子把日子过得真不错 一个中上等媳妇也就把家操持成这样吧 我当时听着觉得怪怪的 我妈怎么用媳妇来形容我

我出去买东西 收到师父的微信 她说你看到你爸了吗 我说他不在家吗 她说你爸刚刚没打招呼自己出门去了 我买了东西回家的时候看到我爸在我们家楼下等着 没有电子锁他上不了电梯 我心里着急 把我爸说了一通 说 爸你不能这样说出门就出门 让人看着你 你也不说英文 丢了我怎么找你啊 他说他就出门抽根烟 没想到我们家楼道的门是只能出去不让进的 我控制不住 还在一直说他 我说接下来几天 你一定要听话 不能乱跑 他说好 好

晚上带他们去墨尔本我最喜欢的西餐厅吃饭 师父也去了 大家吃吃喝喝很开心 我表弟上个月出国 去荷兰学农业 我问我舅妈 表弟出国的时候她哭没哭 舅妈说哪儿来得及哭啊 祥南出国的时候可开心了 背个小书包 轻快地就过了海关 招个手头也没回就走了 我妈说 马亮走之前我还挺好的 他一过海关我就哭了 就觉得一下子抓不住了 我妈一边说一边做动作 她和我说 你说你小的时候 妈妈这样抱着你 长着长着长大了 抱不动了 就牵着你走 后来你上学去别的城市住校 就放假能见见就感觉能抓住儿子的地方越来越少 只能拽住个尾巴 有的时候拽拽你还不乐意 你过海关那下 我就觉得那尾巴也刺溜一下从手里松了 我妈

这么讲 我和我师父眼圈都红了

吃了饭 我们溜达着往电车站走 我和我爸走在前面 他和我说最近汇率不错 爸爸想着帮你弄点钱 你自己也凑一点在澳大利亚再买个房子 我说如果买个公寓的话百分之十 我自己就能出 不用家里拿钱 我爸说还是买个房子吧 带地的以后升值也快 买了后你就先租出去 等你有了小孩爸爸妈妈来住 帮你看孩子 我说 那这个房子就不会卖 如果不卖的话增值再多也没有意义啊 就和公寓一样 我爸说 不能这么想啊 等爸爸妈妈不在了 这房子就可以给我孙子 我爸当时说得很认真 我鼻子一酸

［4］

接下来几天 我们去了墨尔本海边 去了新西兰皇后镇 给爸妈他们报了中国旅行团去了悉尼

我爸这一路看到小孩就想拍照 遇到老外和别人招手用中文打招呼 还是会乱跑 我们大队人马在后面 他大步流星在前面走 胃口特别好 吃很多 ……

不知不觉地 我觉得我爸变成了我的孩子

［5］

我爸我妈他们开开心心地回国了

回国后我爸在微信上给我传了首他写的诗

结束澳新愉快之旅
回归集闲二亩故地

老汉满足快乐适宜
远观雄鹰天空斩棘

我觉得这首诗挺一般的 但特别有我爸的风格 简简单单的 也不绕弯

他试图告诉我 他很好 也希望我好

［2015 年 11 月 1 号 以后有机会想 设计男士内裤］

这几天 到处飞 人已经开始打晃 也迷糊 下了飞机打电话给接机师傅 他问你在哪里 我一想竟然答不上来 看到一个地勤人员 我过去问她 你好 我现在在虹桥还是浦东机场 她说 啥？我又问了一遍 她不耐烦地说 你在首都机场 一脸不可思议的表情

［2015 年 11 月 6 号 小安 我喜欢有你的北京］

早起和朋友爬香山 买了清真早餐车上吃 要了三个包子 两个素的一个肉的 我最期待吃肉的 结果咬了一口 是胡萝卜木耳的 吃了 第二个包子 咬一口 鸡蛋茴香的 又硬着头皮吃了……到了第三个 吃不下了……我和朋友说这跟谈恋爱一样 下山后 我又饿了 把剩下那个肉包子吃了 尽管不热了 也很满足 所以说 肉包子会有的 吃肉包子的胃也会有

［2015 年 11 月 13 号 每一个 一起来看电影的朋友 谢谢你啊］

闹钟定二十分钟 今晚就去看电影了 我终于有点感到这些都是真

的了 忽然想到 那时候刚去墨尔本打工 中午可以休息一个半小时 开车回家 吃一口饭 衣服也不脱 定闹钟睡十几分钟的日子 等一下 我就去看看它

[2015 年 11 月末 一个仙女叫 ujin 她变成了我妹]

· 从前有个男生 特别甜 他碰到的牛奶就变成炼乳 碰到的旅程变成了蜜月 碰到的棉花糖变成了云 游过的湖水成了秋波 就算读说明书也会变成诗句……

后来有一天 她和他接了吻

发现
他是 苦的

· The tears on my shoulder are bad
I know it will burn my heart

I feel restless

Will we be ok
I asked

We will be ok
You replied
Just not the way I want it

to be
（你在我肩头哭了 我心想糟糕
果然 后来它灼伤了我的心

觉得无助

我们都会好吗 我问

我们都会好的 你说
只是我们不能 好在一起）

· Wouldn't it be nice
if you can cook my
sadness into a bowl of soup

I'd drink it
like a
Chinese medicine
（你说 我要是能把我的忧伤 熬成一碗汤该多好
我一定把它像中药一样 一饮而尽）

· 世界那么大 我想在你身边

· I look at you and I know love
I look away and I know nothing
（爱你的时候 脑海里看到爱

看向别处的时候 就什么都看不到了）

· When you looking for love love is looking for you
（当你在找爱的时候 它也在寻你）

· 好花常开 好景常在

· 我要在 这个世界上种一朵花

· 如果你是一个吻 那我不要做一个拥抱

· 觉得和 自己有关的一切都显得非常遥远

· 我想对你好

· 只要有人真心喜欢你 你就不会在乎自己是什么

· Not a dream I assure you
（我向你保证 这不是梦一场）

· 想抓一把春天 揉在我的额头 脸颊还有鳃上 逆着春水而上赴约 一路上唯一做的就是 闭上眼 呼吸 呼 吸

· 最近又开始写一些东西 有些灵光一现的思绪 要快速记录 否则就忘了

· 万尺高空 蓝天白云 是我的生活 和你于街边饭店 痴心说笑 慢慢吃喝才是我的梦

· 我可以换着做我欣赏和好奇的人

· 在想 恋爱一定对肝好 因为眼睛会 亮

［2015 年 12 月 Like the old days］

亲爱的不二：

你好吗

我已经很久没有和你聊一聊了 在 陪二 陪三里就很少和你说话了 当然不是因为我不再喜欢你 或者不重视你了

是因为陪一之后 就认识了很多朋友和读者 于是他们都变成了不二开始陪我度过漫长岁月

但是我又不舍得你 不想你像《头脑特工队》里面的小粉象那样随着我的长大就慢慢消失 于是我和 echo 开始合作绘本 写你的一段旅程 并下定决心 有朝一日 一定给你一个最好的结局

今年 有一群可爱的电影人 把我们在一起相处最久的那段时光拍成了电影 我等了一年的时间 有一点望眼欲穿 都要开始掉头发了 终于在 11 月 13 号上海的影院 和好朋友们 一起看了这部电影

《陪安东尼度过漫长岁月》

电影院的屏幕好大 画面美得让我不敢呼吸太深 当镜头切换到日本樱花那里的时候 我甚至觉得眩晕 配乐也恰到好处 和我看电影时的心跳 是同步的 一个节拍都不差 我静静地坐在那里 看着我们的电影 有那么一两处觉得突兀 但是这都不要紧 导演坐在我的左边 Amy 坐在我的右边 电影里面 你第一次出来的时候 我的眼睛就红了 心里默默地和你打招呼 整个电影进行的时候 我附近的很多朋友都在哭 我没有 只是有那么几次眼睛红了 这电影演得很快 最后刘畅站在山坡上 各种过去的画面开始浮现 片尾曲响起 我看向 Amy 她对我笑了下 那笑容好像是送给别人一个礼物 对方拆开后挂在脸上的笑 谦虚 骄傲 还有些许欣慰 那一瞬间我关了一年的情感 那些对这个电影的故意的回避 一下子像大雨一样倾泻下来 我哭得好大声 像个傻子一样 媒体走上来拍我 我也控制不住 刘畅过来抱住了我 周迅过来 握住我的手

之前光线传媒的一场发布会结束后 我一个做公关的朋友小安在陪我回酒店的路上和我说 这个电影票房不好的话 我会很心疼周迅 当时我说我们这个电影肯定会好啊 她说 电影好和票房好是两回事

电影上映后的那个晚上 我手机里一直有短信进来 有最世文化的经理和作者 有接受我赠书的小茧 有之前工作合作过的朋友 有帮我做按摩的女生 有给我家做装修的师傅 有我在上海的房东房客

好棒啊 你真的太幸运了

这是一部一个人也能看的电影

这是 我这几年看过的最好的青春片

刘畅演得真好 有那么几处 我觉得这就是你啊

小樱给你戴围巾那里 你抱着她说 “有我在” 很质朴很诚恳 那么重的情意就在几个字里

简单 治愈 感人 正能量 真实又有童话气息 在我心里青春就是这个样子

非常感动 原本八点要安排车去学校接儿子 结果看得入迷忘记时间安排 他等了四十分钟才叫到车 Now I have to sit in silence to reflect on my terribleness as a mother. Congrats again!

…………

来不及一一回复 好想和他们每一个人拥抱

我妈妈看了电影 给 Amy 发消息

“看了首映，一直在电影里没有走出来……少许兴奋，更多的是眼角总有泪痕。他出国后，总觉得好像儿子丢了很多年，终于隐隐约约出现了。明知会打扰到您，但忍不住还想说。谢谢”

上海是我最后的一站 接下来剧组还要去广州参加见面会 我们在酒店里喝东西聊天 聊拍电影的那段日子 想起来都是开心的事 我和周迅工作室的陈总说 我觉得这部电影 用我能想到的最好的形式拍出来了 陈总 和周迅笑说 总是可以更好的 我心里想说 不可能 不用了

半夜三点多结束 我打车回家 在车上看到光线同事发的朋友圈

她说 《陪安东尼度过漫长岁月》啊 好希望你的票房可以再高一些 口碑再好一些 对得起这么多人的陪 当下我就在手机上买了去广州的往返机票 想说 有始有终 再陪大家一段

于是 在广州我们又见面了 跑完最后一站 我和刘畅坐车回酒店 他说今天的票房不错 可是我们遇到外国大片 排片很低 加上周五有十部新电影上映 基本上我们这个电影只剩下这一个周末的机会了 我当时忽然紧张起来 好想立刻发微博说 我们这个电影真的好 大家周一也要

去看 一个人看也不会孤独

回到酒店 大家都在 周迅说连续跑三天太累了 为了见你我饭也没吃睡了一下于是大家又聚到一起 聊着电影 笑着 哭着 感叹着……

我心里想 电影人都是疯子啊 电影人哪儿来的那么多力气 他们的眼睛怎么那么亮 笑容怎么那么纯真

回到房间 我开始为这部电影上映会不会不到十天而担忧起来 不知道什么时候睡着了

很奇怪 早上起来的时候 心里有了种莫名的力量 觉得释然了 我相信我们剧组的人也都会有这个感觉

影响电影票房的因素太多 很多东西是我们不能左右的

写到这里 我忽然觉得中国的电影市场像一场战役

有武林世家的将军 有魔术师 有穿着光鲜却不会武功的 有武术超群却消失于江湖的 有不被看好却拿到武功秘籍的

而不二你呢 你是一个捧着一颗红心在山间游走的小郎中 我却把你送去了这个战场 没有询问太多也没有想太多就把你送去了 但我并不担心你 因为陪你起程的都是我最欣赏的世外高人

但因为你是你 我们不能给你什么武器 铠甲 也教不会你什么新的技能 不能把你的红心用空气吹大 只能在这路上帮你挡一挡 顺势推一推 理清一下毛发 擦擦你的红心 唱动听的歌给你鼓励 可惜我们只能送你这一程

11 月 13 号以后 我们只能远远地看着你了

我看到你的背影 你安静地在那里 捧着你的红心 走得踏实 曾经被

你温暖过的人都来拥抱你 我多希望你能在那个电影的世界里多待一阵子 给更多的人带来感动 但是新的人来了 你就要退下的

我也不难过 我觉得你去了那里 不是为了赢 而是要在另外一个天地和大家见一见 抱一抱 那个天地也需要你

等你回来了 我一定揽你入怀 好好地夸奖你 然后继续带你上路

［2015年11月19号 Such a catch（俚语：我们吃了没文化的亏）］

每当做菜的时候 我就在想 我竟然还是单身 这世界 也真奇怪

［2015年12月25号 大富翁］

每年圣诞的时候 我都会习惯去市中心的 Westin 酒店住一晚上 选面向 Swanston （斯旺斯顿）街的房间 正好能看到政府装点的 圣诞广场 因为假期没有了商旅人士 酒店的价格并不贵 泡个澡 然后坐在房间里听伦敦电台关于圣诞的特别节目 看着楼下圣诞广场穿梭的人群想着 又一年要过去了

今年圣诞 又和朋友聚到一起玩大富翁 我觉得大富翁真的蕴含了很多道理（其实我也不确定是否正确）

1 尽可能多买地 建房 如果没有房产 钱再多也坚持不了多久

2 控制现金流 有的时候一直买地 盖房也不管手里剩多少钱 等一下子有一笔大的开销的时候 就不得不向银行抵押 这样很容易进入一个死循环 一蹶不振

3 竞拍的时候 有很多学问 要仔细斟酌 不能随便开价 有几次玩大

富翁 我赚了很多钱 有两个玩家接近破产 先后拍卖了他们的地产 我叫得豪爽 连续买了两个 结果后来走到别人的豪宅里 差点破产

4 可能的话 尽量不要和情侣玩 今天又玩大富翁 和 J M 以及 M 的老外男友 A M 是很聪明的女生 又讲义气 A 很英俊 是建筑师 有礼貌又小心翼翼的 我们一起玩大富翁 我今天运气不好 和 J 都面临破产 这时候走到 M 一个建了三个房子的土地上 要给很多钱 于是我不得不拍卖一块自己的地 M 见我钱很紧张 就出了高价把我的地买过去 这时候她手上已经没有多少现金了 接着 J 又走到了 M 的地盘上 J 也没有钱 开始拍卖 M 又出了很高的价钱买 A 就在一边问说 你疯了吗 你手上有那么多钱吗 M 说 不要你管 你要不要叫价 建筑师非常小心 他背过去数了数自己手上的钱（其实他已经非常有钱了 我也不懂他在数个什么劲）转过来 加了二十块 这时候 M 又加了一百 A 迷糊了 说 Why 说你这样下去会破产的 你怎么想的 M 说我就是不想这块地被你买去 A 特别认真地 要了地契过去看 在心里琢磨着回报率 小心翼翼地又加了十元 这时候 M 又加了一百 我觉得 A 当时都要崩溃了 他一方面觉得花这么多钱买一块地 简直不值得 一方面又担心女朋友破产 只好又加了五十 这时候 M 开心地说好吧 给你吧 J 把房子卖了出去 有了很多现金 整个过程我在一旁看得心惊胆战 觉得好热 生怕 A 过于理智 不再叫价 结果 M 花了所有的钱 还要抵押房产去帮助 J

我一方面羡慕 M 行侠仗义与 J 的姐妹情深 同时为 A 对 M 小心翼翼地保护感动 另一方面又觉得 玩大富翁 不能把利益最大化放到首位 要顾及个人情感 真的好麻烦

我们一玩 玩了五个小时 快到九点 我下楼送他们回家 M 和 A 手拉着手 我很羡慕他们的感情 希望他们能永远在一起

今晚就要装行李 明天要去澳大利亚中部的大岩石野营三天 这是我来澳大利亚以后第一次去荒无人烟的中部 据说那里是世界的中心 我们野营小组的名字 被我改成 在世界的中心呼唤爱

能在2015年年底 去世界的中心 在荒野里 漫天的星星下 在干燥的风里睡几晚 我觉得是我对这块土地最好的告别 明年我就要离开这里 我生活了十年的地方 买了单程票 不知道什么时候才能回来

但是我觉得一切都会更好 终究也会遇到一个玩大富翁时 因为怕我破产而不得不 大笔花钱的聪明人

[2016年1月初 花谢]

我很喜欢的一句歌词是 春天花会开 觉得欣欣向荣 命中注定

之前几年在书里写 中国人喜欢花开富贵 日本人却喜欢落英缤纷 这可能因为中国人生性喜欢热闹 而日本人喜欢颓败的美

随着年龄的增长 人的喜好也有变化 我小的时候曾经想 怎么会有人不喜欢动画片呢 等我长大了 我不要变成无趣的 不喜欢动画的大人 结果现在就真的没有那么喜欢动画了

对花开这件事的认识也有改变

我开始觉得花开其实是一件 很消耗很悲伤的事 一朵花 积攒了能量 光芒 调整好角度 颜色 在风和日丽的时光里 漫无目的地盛开 这是

一件多么悲伤的事 之后的每一秒都不会比上一秒更好

相比之下 花谢反倒让人觉得更舒适了 一朵凋谢了的花 感受过春风 经历过注目 也曾在炎热的午后和蜜蜂燕子打过招呼 现在它谢了 回归泥土 曾经拥抱过它的可以被它拥抱 安静地在冬天里埋伏 感受雪花飘零的气候 等待下次盛开

心中有着希望和方向 才是最美的时刻啊

[2016 年 1 月 7 号 粉色芍药的香水]

因为听了朋友的建议 睡前一小时 和刚起来后的一小时都不用手机 不看屏幕 只在床头放了一个闹钟 闹钟也没有定时 是用来看时间的 但每天早上一睁眼 都觉得睡足了 都是正好七点半

周五在外面公园锻炼 练得现在周一腿还在酸 今天去锻炼上半身 之前举得很吃力的重量今天竟然感觉还好 当然了 还是没有什么胸肌 笑

有朋友从上海来墨尔本玩 和他约在市中心的 小巷里吃饭 那家店叫 Cumulus 意思是大片堆积的云 我先到了准备点一杯酒 正好前几天在墨尔本看 我们的电影《陪安东尼度过漫长岁月》里面的官邸 很想念 Sunbury 结果就发现酒单上 有一款红酒是 Sunbury 的 而且是我想喝的葡萄品种

说来不怕你笑话 前几天忽然萌生了一个想法 想听 Taylor Swift

（泰勒·斯威夫特）的演唱会 心里知道会别扭 因为去听她的演唱会的估计都是毛头小孩 而且她演唱会门票大概一年前就卖光了 也懒得去 eBay 找 结果那天和我朋友米少吃饭 她看了下手机说 我有个朋友本来和我一起买了 Sam Smith（萨姆·史密斯）和 Taylor 的票要一起去看演唱会 结果她说要临时回国 问我能不能帮她把票卖了 我说 我要啊 我都要

之前在 Instagram 上找到了我喜欢的英国模特 Robbie Wadge（罗比·维奇）的账号 关注了 偶尔过去看看点个赞 今天下午滑了下手机收到消息 Rob 在我新发的照片下面点了赞 顿时觉得我们之间也有了交集

最近 Jess 介绍给我一个英国的新剧 *London Spy*《伦敦谍影》 我看了两集以后就一发不可收拾 两天就把五集都看了 还在网上看各种剧评 而且关注了作者 Tom Rob Smith（汤姆·罗伯·史密斯）的推特账号 我下载了剧本在电子书上看 又陪（逼着）我好几个朋友看这个剧 他们大部分都说 Alex 肯定是死了 我不信 和 Peter 看的时候 他说他觉得 Alex 还活着 我过去给了他一个拥抱 晚上回家在 Tom 的推特下留言说 希望会有第二季 结果第二天起来 作者给我的留言点了赞

爱因斯坦说过 “There are two ways to live: you can live as if nothing is a miracle; you can live as if everything is a miracle”（一个人 可以选择碌碌无为地活 也可以活得异常精彩）

人生可以毫无惊奇 也可以处处都是奇迹

其实 奇迹不是像梦一样的颜色和味道
奇迹就是我们每一天的生活

美好的事情总会到来
你要简单干净 聪明单纯 就会发现 奇迹不是降临 它是因你而来

［2016 年 1 月 8 号 是读者 也是朋友］

去美女朋友 Jolina 家吃火锅 看电影 发现她家的花长得特别好 一株里面竟然要开三朵 我问她怎么养得这么好 她说 她每天都会对这盆花说 “我爱你”…… 谢谢 你留言说喜欢我 我也喜欢你

［2016 年 1 月 9 号 你干脆把这瓶水喝了 去撒个尿］

有些人的心 是石头砌的 不要在里面打碎玻璃

［2016 年 1 月 21 号 室外健身的操场］

梦里你总是背对着我 我在下午醒来 总觉得口渴 去河边走 看到层层脱落的树皮 我把它们一张张收起来保存 睡前用它给你写简短话语 4 月末的时候 我们便在梦里相遇了

［2016 年 2 月 2 号 英国 教练 金黄色绒毛的小腿］

看了一周多网球 感觉自己升级了 至少可以和教练大战十几回合 今天和教练打了几场下来 发现都是错觉

[2016年2月4号 一米九六]

我觉得 你在太阳里 也会发光

[2016年2月15号 蓝色盒子 很高兴遇见你 小茫]

欠一篇 关于爱情的文章 拖了一年也没完成 对方是大户人家 落落大方 也不催促 只是说很期待 写好了给我们看 围绕着感情写了很多故事 可是对于爱总也说不清 之前关于爱的一些看法 现在也慢慢改观 很多时候是觉得自己不够好 不够坚持 才得不到最好的爱…… 好在这么多年过去了 关于 爱 还是想要

[2016年2月16号 给你买的护手霜 用了吗]

小时候 冬天因为外面太冷 我总是不爱起床 我妈晚上就把我的秋衣秋裤放到暖气上 早上起来穿上就很暖 等我们结婚了 只要你穿秋裤我也帮你放

[2016年2月27号 1985年的敞篷 宝马]

你的车 停在树下 一晚上的时间 有不知名的小花落下散在车顶 新年第一天 你开车带我去海边 打开车窗 伸出手 手掌被气流带着 不由自主地上下翻动 风吹得令人舒服 我在车里睡着了 想象着 上面有星空

［2016年3月6号 不喜欢KTV］

从未真正放过手 所以以为 拥抱会漫长

［2016年3月初 雕塑］

前几年和公司同事一起去 意大利拿波利工作 在一个阴天的下午我们一起去参观了 国家考古博物馆
过去这么久 对博物馆里的石雕依然 记忆犹新
后来去了纽约的 大都会博物馆 最喜欢的艺术品依旧是石雕

我一直想 会不会 艺术家接触到 那块巨大石料的那一刻就已经感受到它里面孕育的生命 它们纤细 栩栩如生 而艺术家需要做的就是 小心翼翼地去掉每一块多余的石料

那之后 石像便不再像是“石”像 它们都像是百转千回的人 被瞬间定格在那里 健硕的骨骼有了力量 轮廓分明的肌肉有了温度 侧脸在脖颈上留下阴影 有的眼神里 似乎看尽了悲惨世界 有的发丝上似乎被一整个春天装扮

［2016年3月中旬 回家］

去年天气 慢慢变凉的时候 我去了北京 因为电影要上映了 听说香山的枫叶正红 我打算登山采个好兆头 把这个想法告诉小安 她说好啊我陪你去 但是这个你要趁早 否则明天赶不上飞机 这样吧 我帮你约公司的车 明天七点来接你

果然第二天早上六点半她就给我发消息说 我在路上了 你准备起来吧 我上了车 她递过来 鸡蛋饼 说 这个是我今早特意排队去买的 正宗北京早餐 你趁热吃了 她又拿出来水壶 说这里面泡的红枣 不过这个水杯保温太好 一下子喝不了 等我们到了那里找个杯子就能喝了

我们下山的时候 开始阴天 风也大了起来 两个人直哆嗦 路过商店要了两个纸杯 上车以后她从暖壶里倒出红枣水 我当时喝了一口 觉得大补啊 暖到了心坎里 嚷嚷着 太好喝了 太补了 好滋润啊 要变美了什么的 她笑 非要当场把那个暖瓶送我 我说千万别 我自己买一个就好

后来我回到上海 她给我寄来一箱子红枣 说是有朋友在新疆 知道哪个牌子的红枣地道 特意帮我买了四袋 我在朋友圈里宣传 红枣水是多么滋养 后来我要回墨尔本之前 小炫来上海出差 说是有东西给我 要见一面 我问他住哪里 他说 和同事订了 Airbnb 他睡地上 我说我住的酒店有沙发你过来睡吧 他拖着个箱子来到酒店 安顿下来 打开箱子 我看到 里面 满满两个保鲜袋装的给我的东西 一袋红枣 一袋枸杞 他说他托朋友帮我买的 让我带回澳大利亚 明明是很用心的礼物 他却一脸无所谓的表情

后来我回到澳大利亚 经常用那些红枣 泡水喝 煮粥 每每都能想到朋友间的温暖情谊

去年也因为宣传电影的关系 我回国了好几次 几乎每次都回家 加上 10 月份我爸爸妈妈来墨尔本玩了两周 当时我就和他们说今年过年我不回家了 他们说好

结果到快要过年了 我妈那天给我打电话说 儿子要不你今年过年还是回来吧 过年的时候你不在家 我和你爸心里总是空落落的 她说 大年三十的晚上你舅舅他们都会去你姥爷家 农村习俗 女儿大年三十又不能回家 你爷爷奶奶也去世了 这样过年就我和你爸爸两个人 我问 怎么不和老姨一家一起过 她说 大开（我表弟）现在都有小孩了 你看你连婚都没结 你爸肯定不愿意去和他们一大家一起过节的 我和我妈说我今年肯定不回去了 一个是最近公司很忙 另外 这样临时叫我回去 机票也贵 而且 过年回家要被各种催婚 很麻烦

挂了电话 没多久 心里就不是滋味 想着大冷天只剩父母两个人在家包饺子 看春晚 于是又开始看机票 打电话给家里 说 要么我还是回去吧 我刚才在看机票了

我说 只是这样不好 我一直以为不回去 今年七八个好朋友会一起来我家包饺子 做菜一起过年 现在我又要走 我妈听到这里 她说 儿子你能这么想 妈妈就开心了 你有这个心思就好 我们今年都见了几面了也不在乎这几天 再说 我叫你回来 是怕你自己一个人在那边过年寂寞如果你和朋友一起过年 妈妈就不担心了 我和你爸你放心 正月里就去姚老师他们在海南买的房子那边玩 然后她说 谢谢儿子 我眼睛就红了我说我明年一定回去 她说 好啊 好

想起小时候 我爸妈工作忙 暑假寒假我都是在农村姥爷家过的 我印象最深的就是那里的河 还有水库

白天的时候经常去河里摸泥鳅 特别滑 一不小心就从指缝里溜走当然也有让我害怕的蛇 和水蛭 好在我在那条河里玩了那么久 从来没有被水蛭吸过

那个水库很大很大 大概有五十个篮球场那么大 我姥爷和我说 那个水库最深的地方有上百米 每年都有人在里面淹死 他从来不让我自己一个人去水库游泳 只是傍晚的时候 会带着我去那里洗澡 天快要暗下来的时候 虫子也不叫了 只有池塘里青蛙的声音 长途汽车归来时的鸣笛声 姥爷给我带着干净的衣裤和一块肥皂 去水库边帮我洗澡 我脱得精光 转着身子 让姥爷给涂肥皂 那水温温的一点也不冷 远处也有来洗澡的男男女女 看不清 只能听到有一句没一句说话的声音

有的时候我偷偷地跑去水库游泳 天忽然暗下来 水也变凉 空气变得凝重 雨滴零散 又大颗地落下 空气里 有泥土的味道 有农药的味道 也有果实成熟的味道 好像时间静止了 我把脖子浸在水里 想象着这几百米深的水库里 忽然有巨龙出没 像《七龙珠》里那样的巨龙 它问我要实现什么愿望

后来上了初中 高中 大学 离家越来越远 姥爷家也从农村搬去了城市 我就再也没有去水库里游泳过了 但是经常在快要下雨之前 隐隐约约闻到当时一个人在水库里闻到的味道 于是像做梦一样 又隐约看到那条巨龙 它问我 有什么愿望要实现 我只是站在那里 说不出话

［2016年4月4号 我能拿这把椅子吗］

总有人问我 恋爱中 你喜欢什么样的人 我说 善良 聪明 正直 但生活中寻找对象的标准真的这么简单吗 好像也不是 找到的 都不是跟着那些可以让自己幸福的标准 而只是按照自己熟悉的标准 看似安全 却并不保险

［2016 年 4 月 7 号 也吃得开心］

那时候 做好了菜 我吃冰箱里剩下的饭 明知道你根本就不爱吃米饭 还是把新做的米饭盛给你

［2016 年 4 月 9 号 澳大利亚有种咖啡叫 平白］

我在最好的时候遇到你 以后没有那么好 或者更好的日子 也都有你陪 觉得很幸运

［2016 年 4 月 20 号 新南威尔士］

就算一连经历 阴雨绵绵 心中也有 黄金海岸

［2016 年 4 月 22 号 bright star］

做了一个梦 在花田里睡着了 梦见你光脚爬上长满紫色鲜花的树 你把白色衬衣挽了又挽 一直到臂肘以上 笑着对我说 这样 你醒了也能找到我哦

［2016 年 4 月 28 号 Yaru］

我觉得 对于我 世界上只有两种人 从未见过的 和擦肩而过的

也许你会问 不是还有好友 家人 和恋人吗

我觉得 在浩瀚的星河里 时间和空间交错 我常常觉得 自己 和自己的人生 都是擦肩而过 呢

所以我说 这世上的人 只分成见过和没见过的

于是在拥挤的大街上 在耸立的古堡前 热闹的广场上 和 安静的剧院里 我目光所及 都会在他们头上打个钩 想说 见过了

前些年旅行过很多地方 见过好多人

之前 Harry 和我说 他在知乎上看 如果把世界上所有的人都装到泰山里面 泰山还装不满 当时我就觉得 这世界也不是很大 我可能要把这世界上的人看完了

在安静的夜里 我经常想起他们

时代广场上手牵着手依偎在一起的年轻东欧恋人

在爱丁堡 城墙边 喝醉了的白发浓密的老头儿

墨尔本联邦广场 星光投射灯下 正在生火的 安静的澳大利亚土著

伦敦剧院里 一个人进来坐下 略显疲惫的中年男子……

在时间为横轴 空间为纵轴的时空里 我们擦肩而过 你们现在都还好吗

[2016 年 4 月末 大洋路]

[0]

那时来墨尔本还没有多久 刚刚找了一份工作 每天的生活就是 学校 超市和家 对墨尔本的印象也没有很深刻 没有搞清楚墨尔本的几个区 以及火车线路 有一天 学姐到我们家做客的时候说 有一个留学中介下周末组织留学生去大洋路玩 你们要参加吗 我和那鬼 还有 Zell 说好啊 大洋路 没去过但是有印象 出国的时候 在宣传册上见过

然后那天我们一早出发 带了些水和零食 坐了三四个小时的大巴 经过一个沿途小镇 终于来到大洋路 看到直升机 海里矗立的沙柱 遍地

的草场 旅途奔波劳累 但是第一次看到这么壮阔的大洋 还是不禁觉得心旷神怡 在那里没有待太久 导游又带我们去了附近的一个峡湾 大家排着队从山边的楼梯上下来 我拿出来国内带来的卡片数码相机放到木桩上 打算来个自拍 这时候来了阵风 相机被吹得掉下来 镜头进了沙子不能收回去了 一阵沮丧 回去的时候穿过森林 当时下起雨 我累得睡了几觉 晚上八点左右才回到家

后来我很少去大洋路 每次都是有要好的朋友来墨尔本玩 一起去旅行社办一个一日游 来回一天 食不知味

今年年初 去英国之前 公司接到一个大洋路自驾游路线设计的工作 当时我非常开心 一方面可以和 Jess Harry 一起进行公路旅行 另一方面也觉得来墨尔本这十年 从来大洋路玩开始 到来大洋路玩结束 有始有终

为了把自驾旅行的地图做得详尽 我们把大洋路上每个小镇都做了研究 看了很多资料 选择了几个有特点的小镇 每个地方住一晚上 这样把大洋路分开来一段一段地玩 计划了一个五天的行程

［1］

旅行前一天我和 Jess 去墨尔本艺术中心看了一个美国维吉尼亚女生的歌友会 第二天早起 快要收拾完东西的时候 Harry 来了 前一天下午他就租好了车 一辆小的 SUV 我们买了一些坚果 方便面 等小食品 九点半准时上路 Harry 开车 我和 Jess 在车里吃着零食 猛涂防晒霜 有一种小学春游的感觉 我们向大洋路的反方向开 准备在半岛的另一端坐轮渡过海峡去大洋路

大概一个半小时以后 我们来到 Searoad 的渡口 把车子停在指定的线路上等着上船 准备出来透一下气 Jess 的嘴唇因为晒伤有点红 她开始用帽子遮着 自从她上次去海滩玩 晒伤以后 就很容易光过敏

上船以后 我们都觉得比在纽约坐的渡轮干净很多 阳光特别好 看着外面的汪洋和海鸟 这时候 我才反应过来 我们的旅行开始了

［2］

没有多久我们就跨过海峡来到 Queenscliff（昆斯克利夫） 开车进入小镇 我们分头逛了逛 我走进一个卖艺术品的小店 看到一枚树脂的戒指 里面封着一个缠在卷轴上的红线 看起来像是凝固着一段姻缘 后来又看到卖婴儿用品和孩童用品的店 打算进去给小茬的儿子米噜噜买一件外套 发现关门了

接下来我们开车去 Lorne 走过大洋路的门牌 沿途开始出现 海湾景色壮阔 我一路拿着摄像机不停地拍照 到了 Lorne（罗恩）以后我们都饿了 先找了一家饭店吃饭 是一家叫作 The Hottle of Milk 的汉堡店 店面装修很现代 用色简单明亮 汉堡很大份 Jess 和 Harry 都没吃完 只有我一个人把汉堡全干掉了 还吃了好多薯条

吃了饭 我们去海湾边的吊桥走了走 回来时有一条架在水上的路 我扶着栏杆往下面看 果然有鱼 我和 Harry 说 我发现所有有水的地方就一定有鱼 他说 是吗 然后也过来看 说 没看到啊 我指给他 说只是很小的鱼 走过木桥以后 忽然看到一家电影院 想起来 我们的电影《陪安东尼度过漫长岁月》的澳大利亚监制 尼欧森提到过这里 去年 10 月份的时候 他说 Lorne 有个国际电影节 会把我们的电影拿到那里放映 让我录一段视频 在电影上映之前和大家打个招呼 没想到在这次旅行中

看到这个电影院 忽然觉得特别亲切 想发消息问问尼欧森 那部电影在这里的反响如何 每次旅行去一个地方 我都很喜欢去当地的电影院看一场电影 特别是那些偏远的小镇 之前在澳大利亚中部 英国湖区的乡村 纽约的 art house（艺术影院） 布拉格的地下商城里 看过电影 老旧的电影院 只坐着零零散散的几个人 我只是那里的过客 却也能和在当地已经扎了根 三三两两结伴而来的人在这一两个小时里邂逅 分享一段故事 开怀大笑或被感动

离开电影院 我们去了 Cumberland River（坎伯兰河） 这是一个之前每次去大洋路都会路过的露营的公园 它在山谷里 每次路过的时候都会注意到 但是都没有停车看看 这次我们特意找到这里 没想到它是我这次旅行里最喜欢的地方之一 公园被山包围 有一条满是石子的小河缓缓流淌 里面有各种鸟类和野鸭 我们顺着河水 往山里走慢慢地在河边出现了大树 树荫铺盖在河上 伴着太阳射下来的光束感觉好像置身在 宫崎骏的童话电影里 Harry 帮我和 Jess 拍照 一边拍一边说这里真的太好拍了

之后去 Erskine（厄斯金）看了瀑布 开车没有多久就到了 看到了路标说是房车和拖车不可以继续往前开 果然过了路标没有多久就是一个长长的陡坡 我们下坡的时候 看到有游客 往回走 表情痛苦 把车停好 我们往下走 差不多走一分钟就出现了一个比较高的看台 因为我们去的时候不是雨季 瀑布并没有很大 更像是从山上挂下来的一道水帘看起来不是很壮观 接下来我们顺着楼梯往下走 走了几百米 来到瀑布底端 有几个欧洲人在瀑布底下的潭水里游泳 也有几个人开始往回走 Harry 在四周拍照 我和 Jess 翻过下面的观景台 往瀑布下面走 我走在前面 正要跳过前面几个大石头的时候 被一旁的德国男生喊住 他说前

面的石头下面有一条蛇 吓得我赶快跳回来 那蛇很小 在石头下只露出来了一个头 要很仔细才能看到 站在瀑布下看到的景色和上面完全不一样 可以看清瀑布后面的苔藓和蕨类植物 好像一层柔软的毛毡披在峭壁上 瀑布是保护它的结界

我们吃力地爬回停车场 我给房东打电话 说要差不多一个小时才能到 她说好的 没有问题 我们把房东的地址放入导航 她家拥有一小片山头 去的路上基本没有看到别的车 我们的房东是一个艺术家 她和老公在小山上盖房子的时候 在一旁建了一个临时的住处 后来房子建好了 那个临时的住处就变成了他们的工作室 现在也放到网上出租

他们家很好找 快接近的时候 就能看到山上唯一的一户人家 再近一点 可以看到门前草地上成群跳跃的袋鼠 我们都激动地喊了出来 感觉好像是看 澳大利亚旅游局的宣传片

房东很安静的样子 给我们介绍了一下房间 告诉我们趁天黑以前可以去山上走走 可以看到更多的袋鼠和牛羊 说水龙头的水可以直接喝 都是雨水 特别好 卫生间是无冲水马桶 废物会回到地下变成废料 旁边有一篮子干草枝 上完厕所抓一把扔进去（我也不清楚为什么要这么做 当时没问 可能是除臭吧）

晚饭我们煮了方便面 辛拉面劲道用煮的 康师傅味道好用泡的 我很喜欢那个厕所 上完厕所起来后抓一把草扔进去就好了 感觉好酷 淋浴用的肥皂也很棒 草本的味道 很滑但又冲得干净

临睡前我们出去看星星 星星多得像是 散落一地的沙子 后来

Harry 用相机长快门的功能 拍摄我们在夜晚用手机画出的线条 我们依次画了 心 星星 公司名字 写了中文的大洋路 还画了圣诞树 和变身中的希瑞公主

在远离都市的小山上 没有 Wi-Fi 穿越的星空下 虫子和鸟的叫声都变得很突出 我们跳着 笑着 转着圈 好像小孩子一样

[3]

第二天我们早起出发去跳伞 我用旁边的拼字桌游在桌子上留了 THX 的字样给房东

大概开了一个小时 我们来到 Torquay（托基） 那个小机场不是很起眼 我们差点开过了 刚到的时候没有什么人 我当时觉得这里没有我上次在新西兰跳伞的地方那么规范 后来陆续来了一对澳大利亚情侣和 一个法国男生

开始准备的时候 Harry 本来不跳的 却显得比我们俩还兴奋 我走过去问 Jess 是否紧张 她说有一点 我说等下从飞机上跳下来的时候 你千万不要张嘴 否则照相和摄影看起来都很不好看 她说好

教练给我们讲解了注意事项 又一个个地帮我们穿上了跳伞的装备 检查得非常仔细 让我觉得好像比上次跳伞更规范认真 没有多久和我一起跳的飞行员就来了 他问我是否紧张 我说还好 他说他很紧张 昨天喝了很多酒今天还在头痛 典型的澳大利亚式玩笑 我想翻白眼 可惜和他不熟（尽管等下 我就要把性命交到他手里）

这时候大家都穿上了有保护绳索的跳伞外套 情侣中的男生看起来

很紧张 那个女生看起来挺淡定的 法国男生非常优雅 感觉对一切充满好奇的样子 他和教练说 期待跳伞很久了 今天终于能实现了 然后我们各自录了一些录像 进行简短的自我介绍 教练又给我们做了一次安全检查 我们就上飞机了

飞机攀高的时候 速度很快 可以看到下面的海洋 没过多久 我们前面就有两个教练和一个单独飞行的学员跳下去了 那个学员看起来很小的样子 感觉也就二十出头吧 看起来不是很自信 但也很勇敢地就那样跳下去了 接下来就是我了 差不多离地面四千二百米的高度 飞机侧边的舱门开着 我怀着反正也死不了的心情和我教练往门口移 腿已经伸出去了 我把脖子往后仰 头靠在我教练的肩上 嗖的一下就跳下去了 那一瞬间速度太快 我的眼罩移动了位置 正好卡在我眼睛上 当时我又在自由落体 所以一边调换姿势一边去弄眼罩一边还要想着拍摄 耳朵又疼 我心想着 上次跳不是这个感觉啊

到达一定高度的时候 教练把降落伞打开了 这时候就好多了 看着大海 和蓝天以及大片大片的澳大利亚特有的土地 这时候感觉像飞一样 心旷神怡 靠近地面的时候 看到 Harry 在下面给我们拍照 降落很成功 没有多久 Jess 也降落了 和教练道谢告别 又等了差不多十五分钟我们的照片和视频就做好了 我们开车去 Torquay 吃午饭 车上 Jess 觉得不舒服 我们停车下来 站了一阵子 后来上车继续开 到了镇里我们把车停在一个快餐店门口 Jess 还是一直头晕 手里拿着塑料袋 下车以后就吐了 我和 Harry 挡在她和快餐店的玻璃之间 不让里面看到

吐了之后 Jess 就好了 我们中午一边吃饭一边看跳伞视频 Jess 果然跳伞的时候听了我的话 闭着嘴呼吸的 看起来像个松鼠 又看了我的

视频 特别丑 整个人很慌张 一会儿用鼻子呼吸 一会儿张嘴 上嘴唇翻去鼻子那里 又手舞足蹈 还没有我第一次跳伞的视频拍得成功 我们一边看一边笑 Harry 说 这视频发出去一定会火 我心想 这视频我拿回去不会再给任何一个人看

我们在 Torquay 的海滩也拍了一些照片 海滩上太多好身材的俊男美女 想着自己刚刚又吃了薯条 看得让人心情失落

我和 Harry 换了位置 接下来我来开车 下一个目的地是 Split Point 灯塔 这是我们这一路以来看到的第一个灯塔 它顶着一个红帽子站在碧海蓝天之间 显得特别惹人注目 我们站在山上瞭望 下面有一个峡湾 里面矗立着黑色礁石 海水被太阳映照出各种各样的蓝 Harry 说这里拍照应该不错 你要不要在下面游泳 我在山上拍 其实夏天已经差不多要过去了 我们在山上被风吹得都要加一件外套了 但我还是说好因为我一个月前打开了一个开关 就是 Harry 让我拍什么我都会说好的 首先 Harry 是我的好朋友 我很信任他 另外 他是一个艺术家 我很尊重他

我们一起来到山脚下 Jess 借了我一条毛巾 我围上换了泳裤 下水的时候觉得特别冷 但是整个身子浸下去没多久也就适应了 这片海靠近浅滩的地方有很多礁石 上面长满水草 踩上去像地毯一样 我背过身去 面向大海 天和海都连到了一起 难以区分 好像面对着一块发白的蓝色画布一样 只有一次次打在胸腔上的波浪 让人觉得真实

在 Apollo Bay（阿波罗湾）的 Airbnb 住了一夜 第二天一早我们就起程去滑索的公园 太阳还没有完全升起 地上的绿植 披着水珠 行车

导航给我们选了一条狭长的盘山路 我们在山上盘行 左边就是山谷 我和 Harry 说 晚上我们要早点回来 否则走这条路 很危险 他说放心 我们晚上回来的时候走另外一条路

一边开着车 我们一边聊天 Harry 问我 我最喜欢的电影是不是《诺丁山》 我说是 我说我去英国有一半是因为这部电影 Harry 说 他最喜欢的一部电影叫《星尘》 是他在飞机上看的 后来一边开车 一边给我们讲这个电影的内容 电影分为三条主线 寻找星星要吃掉它才能长生不老的女巫 争夺王位的王子们 坠入人间变成女人的星星和为了取悦心爱的人而踏上征程的男主角

Harry 讲得很生动 同时我们开过 墨绿色的雨林 青色的开满黄花的草地 荒废的被砍伐过的田野 故事情节和窗外的风景衔接起来 我和 Jess 都沉浸在童话故事里 没有多久我们就到了 滑索的公园 好像是清晨做了一场梦一样

滑索非常好玩 我们的教练很可爱 因为我们来得早 是这一天第一个出发的 所以只有我们三个和两个教练 第一滑的时候 我有点紧张 又觉得很刺激 接下来几个也就适应了 真的特别好玩 以后如果有朋友来大洋路 我也会推荐他们去玩这个 本来恐高的 Harry 和我们一起做了这个 挑战了自己

午饭我们就在公园里吃的 看到当地宣传册子上 有一张照片 深蓝的湖水里有粗壮的树矗立 上面有人在划独木舟 我们三个决定去找这个叫 Elizabeth（伊丽莎白）的湖 因为地图上没有写具体的地址 我们找了个大概的方位往那里开 开了一个半小时已经下午四点多了 才进

入那个国家公园 眼看着行车导航的面板上 湖就在我们旁边 可是怎么都找不到入口 道路也变得泥泞起来 我们不确定是否要继续往前开 这时候 发现了一个通往山底的路障 我把车停好 和他俩说 接下来可能要靠走的了 那个山路特别陡又看不到尽头 路也不平 我们没走多远 Jess 就摔了一跤 后来我们决定不要继续走了 还是回家 回到车上觉得很沮丧 换 Harry 来开车 开着开着 竟然看到一个 Elizabeth Lake 的路牌 顺着那个方向走我们终于来到这个湖区的停车场 下车后发现一个指示牌 上面说 从这里到湖边 往返要一个小时的路程 Harry 说天要黑了 我们还是回去吧 我和 Jess 都觉得既然来了 一定要看一眼 哪怕见到湖就往回走也行 于是三个人就开始往湖边走 没走多久 就看到另一个提示 上面写着注意有蛇 让我心里咯噔一下

Jess 在前面走 我在中间 Harry 在后面 一边拍照一边走 这时 我和 Jess 同时看到 正前方有一条将近一米长的蛇 当时我就跳起来往回跑 Jess 比我镇定 也跟着往回走 我们三个人再次会合 我问 我们还要继续往下走吗 Harry 斩钉截铁地说 回家 于是我们三个开车回家

一边开车 我一边安慰自己 心想 那个湖可能就算找到也不会有什么惊喜 只是照片拍得美罢了

晚上睡觉的时候 我在网上搜了下电影《星尘》的介绍 上面列出一条对白 是电影快要结束时 由星星变成的女生和 男主角的一个告白

“Star: You know when I said I knew little about love? That wasn't true. I know a lot about love. I've seen it, centuries and centuries of it, and it was the only thing that made watching your world bearable. All those wars. Pain, lies, hate... It made me want to turn away and never look down again. But when I see the way that mankind loves... You could search to the furthest reaches of the universe and never find anything more beautiful..."

（星星说 你知道 当我和你说 我不懂爱情的时候 其实那不是真的 关于爱 我了解得很多 成百上千年之间 这是我关注地球唯一的乐趣所在 这个小小的星球上 有战争 伤痛 谎言 恨意…… 每当我看到这些的时候都想把头转开 但是每当我 看到人类的爱 即使遥望到宇宙尽头也没有如此美好的存在……）

那天晚上我做了一个梦 好像也没有什么事情发生 但总觉得那个梦很长 梦里我在一个深蓝色的湖上划船 湖里有几棵长得粗壮的柳树 Harry 和 Jess 也都坐在船里 尽管是夜里 也不觉得暗 湖水 树木 我们都被星星和月亮照耀着 这时候有一颗流星划过 我指着它 让大家快看

后来发生了什么我忘记了 好像那颗流星变成了 未来的恋人吧

［4］

离开 Apollo Bay 我们要去矗立在天涯海角的 Cape Otway（奥特韦海角）灯塔 去的路上看到有好几辆车停了下来 人们在马路边张望拍照 也不知道在拍些什么

继续往前开 我忽然意识到这个灯塔我之前和卤猫 Hana 他们来过 那个时候我还想以后都应该没有机会来这里了吧 结果机缘巧合 又回到这儿

灯塔是白色顶的 游客可以从里面爬上去 在塔顶观赏风景 塔顶的风很大 可以看到下面绵延的海岸线 巨浪拍打着礁石 远处平静海面上行驶的巨型货轮在波浪声中 显得格外孤独

我们在灯塔看守人的小屋吃了午饭 一边看海一边喝咖啡 我心想这世上不会再有其他任何一家咖啡店 有这样的风景了 这是我们旅行的第四天了 这一天我们没有太多计划 看了灯塔以后就开车往十二门徒石的方向走 Harry 说 十二门徒石最好是早上看 那时候一切都是玫瑰色的 所以我们打算 直接开往我们下一个住处 蓝鸟客栈 路上经过 Port Campbell（坎贝尔港）小镇的时候 买点东西晚上做饭用 然后第二天早上去十二门徒石

回去的路上又看到之前路过的地方有很多人下车观望 这时候我忽然反应过来 这片森林可能有考拉 我们把车子也停下来 下车一看 果然树上零星地趴着几只考拉 一动不动的 在睡觉 我说 我们这次旅行 考拉和袋鼠都看到了 圆满了

往十二门徒石方向开 道路两旁的树木种类不断变换 一路上 我们在听 George Ezra（乔治・以斯拉）的歌 我把车窗降下来 让风进来 有些音乐听的时候 是需要风的 歌里唱 Hh as we fall through the water You find a piece within and you know it's just your skin

开着开着 我们看到一片湖……是大湖！在经历了 Elizabeth Lake 之后 你知道我有多期待在旅行当中邂逅一片湖泊吗 然后它就出现了 我们果断决定左转停车 一条小路把湖水分成两边 我们的车就停在这小路上 湖水的右边长着高高的水草 有白色的长嘴鸟群在那里栖息

Harry 开始拍照 Jess 在拍视频 我在小路上走来走去 后来 Harry 问我是否可以往鸟群方向扔一块石头 他想拍鸟群飞起来的样子 已经打开开关的我 说好啊 我心想不要扔得太使劲 不要打到它们 只要吓它们一下 让它们飞起来就好 结果高估了自己的实力 石头在我们之间不到一半距离的地方就落入水中 我又捡起石头使劲扔了一下 远了一些 但鸟群仍然泰然自若 一动不动 反倒我用力过猛 把自己腰扭到了 所以在这里提醒一下大家 千万不要向鸟群扔石头啊 会扭到腰的

回到车上 我们都想上厕所 决定在下一个可以上厕所的地方停下来 结果没开多远就看到一个路牌 写着 Prince Town（王子镇）

把车开进小镇 停车之后才发现这是一个迷你镇 放眼望去 感觉这镇子上的住户总共也不过十五家 整个小镇安静地分布在差不多不到两百米的小路上 我们在小镇上了厕所 又去小卖部买了三个冰激凌 坐在草地上吃 发现旁边有一条通向山下的小路 于是我们决定起来走一走开始的时候 两边都是小山丘 拐了几个弯以后 豁然开朗 眼前是一大片湿地 里面长着高高的 芦苇 在湿地上架起来一条木头搭建的路 一直通向湿地的另外一端 Harry 又在拍照 我和 Jess 坐在长满芦苇的桥中间听着风穿过芦苇时发出的 沙沙的声音 她说让她想起一部叫作《雏菊》的韩国电影 我说我想起小时候看的电影《红高粱》 这时候 Harry 也来了 我们三个一起拍了好多照片 三个人坐在湿地旁边停车场前的木桩上 没有说什么话 但是体验到整个旅行中前所未有的放松心情 我心里那句“能遇见你们 我觉得自己很幸运” 到了嘴边 最终也没说出口

后来我们开车到了 Port Campbell 之前拍摄电影的时候 电影团队在这里住过 Harry 是电影的摄影师 他对这个小镇印象很深 历历在目

他指着导演 和男女主角住过的酒店 又指着另外一边说 他和温森住在那里 告诉我说他们在哪个酒馆吃过饭 看到过怎样的海边日落

我们去了远一点的甲板上看海 这时候差不多下午五点钟 正好涨潮 海里有零星游泳的人 远处有滑着冲浪板的少年 我站在甲板边上 看着一波波涌过来的白色海浪 想一想我们去年拍过的电影 觉得很不真实 我一直和我所经历过的事情 有一种莫名其妙的距离感

我们往住处开车 这时候太阳开始慢慢落山 车里放着 王菲全面体演唱会的音乐 一边开车一边聊天 我和他们说起了一个 除了我妈我没有和别人说过的事情 差不多我七岁的时候 我家还住在部队大院里 卧室里有一个高高的窗台 窗外面是我们部队大院的幼儿园 幼儿园的院子里种了一棵柳树 我们家当时住三楼 窗户正好对着那棵柳树的树冠

那天下午我一个人在家看电视 这时候忽然听到窗外 有叽叽喳喳的鸟叫声 那叫声不是一般的鸟叫 而是特别欢愉 热烈的 高高低低 有的慢有的急 于是我爬上窗台往外看 这时候看见那棵平时不是很起眼的柳树上 站着各种各样几百只鸟 不是一种鸟 是各种颜色 大小的鸟 它们都 冲着树中央疯狂地叫着 树的中央是一只大一点的鸟 一眼看去就知道它是它们的大王 它是彩色的 金灿灿的感觉 好像在发光 我当时被这个情景惊呆了 它们就在那里叫了很久很久 开会一样 好希望我爸妈也在家看到

这时候 我拿着 PP 弹的玩具手枪朝柳树开了一枪 鸟群一哄而散 我记得后来我妈回家的时候 我和她说 她当时的反应没有很惊讶 这让我有点失落 后来我也不再和别人提起这件事了

但是那天下午看到的 百鸟朝凤一样的情景我到现在还记忆犹新 我也很后悔不该开一枪把它们吓跑

Harry 和 Jess 听完后说 可能是凤凰哦 我说应该不是 但是我一直都觉得特别神奇 Jess 说 所以说你身上总能发生神奇的事情

继续往前开 王菲的歌 一首首唱过去 放到《守望麦田》的时候 Harry 说 这首歌有个国语版本 我印象非常深刻 我问怎么讲 他说 那时候他刚来墨尔本没多久 在和一个香港人交往 有一次他们坐火车从墨尔本去别的地方 火车上两个人一起用耳机听歌 里面就是这首歌的中文版本《百年孤寂》 当时香港人听不懂国语 问 Harry 她在唱什么

于是 Harry 在纸上写下歌词 "心属于你的 我借来寄托"

Harry 说 他记得很清楚 香港人当时接过字条 读了之后 笑了 然后郑重地把它对折了又对折 放进钱包里

这时候 天要黑了 我们在田地里穿行

[5]

晚上 我们在蓝鸟客栈过夜 又开始煮方便面 房东家的猫 来门口拜访 那只猫好大好肥 脖子上系着一条领带 我们开门让它进来 它进来以后悠然自得地 视察了一圈 在沙发上坐了下来

这时候我们开了一瓶酒 喝了起来 我在做饭 Jess 和 Harry 开始拍旅行视频 大家都很放松的样子 Jess 拿着酒杯一边喝一边在客厅里谈着她这次旅行的感受 Harry 在拍摄 一脸笑容 看到他们这么开心 我也

打心里快乐 吃了晚饭 发现肥猫不见了 这时候才看到后院的门被打开了 想说它可能自己开了门出去了吧

一早我们就起来开车去十二门徒石 寻找 Harry 所说的玫瑰色天空的海面 可惜早上多云 我们都担心太阳会被遮住 我在车上看手机 十点前都是多云 一路上只能从云缝里面 看到太阳的光线 我心想 等我们一到海边 云彩就会散去的

结果 哪儿来那么多好事呢 我们到了海边还是阴天 顺着山崖上的楼梯下去 能看到海里的沙柱 Harry 说你像电影开始 刘畅那样在沙滩上跑一跑 尽管这时候旁边来了一组欧洲游客 但是我开关打开了嘛 不管不顾地跑来跑去几个来回 看着 Harry 相机里的照片 我说 还是刘畅跑得好看 他笑说 刘畅也是跑了好几遍的

其实这一路我们玩得很开心 看到许多 真的到了大洋路的标志性景区 十二门徒石 反倒没有多少感慨 我们三个分别在那里站了站 走了走 决定继续上路 旅行本身比目的地更让人难忘 大概就是这个道理吧 回去的路上在一边的悬崖上 发现 有人刻下的字 那个地方差不多有六米高 也不知道对方是怎么刻上去的 上面写着 DMA 后面写着不同的时间 1910 1912 1915 1925 1969 1976 我在心里算 如果这个人第一次在这里刻字十岁的话 最后一次来也有七十六岁了 那么长的岁月 被这沙墙印证着 可是在潮汐的来去之间 感觉也只是一瞬而已

我们开车继续前行 来到一个很大的叫 Warrnambool（瓦南布尔）的小镇 简单吃了点东西后去了当地的一个展览馆 展览馆不是很大我们逛了一下 就开车去海边 去的路上看到一个很大的湖 上面有人划船

于是我们在海边没有停留很久 就换了零钱来到湖边

这个湖比我想象的要大 在湖面上分布着几座桥 湖边有几个租船的店家 我们找了一家走过去 店主是一个老头 正在和他的高中样子的孙女下棋 看到我们走过来他们停下来 我说我们想租两条船 因为我之前划过几次皮划艇知道怎么驾驭 我就租了那个皮划艇 老头说 皮划艇一般不往外租的 是他们下水去拉别的船的时候用的 他问我 你之前划过吗 没有划过的话 很容易翻船 我说我可以的 Jess 和 Harry 选了一个 小时候去儿童公园玩的时候 可以坐上去用脚蹬的船

离开了岸边我们像撒欢的鸭子 这个皮艇和我之前玩过的不太一样 我正在适应的时候 Harry 和 Jess 已经超过我了 我心想好家伙 于是奋起直追 我们就这样追追停停 玩累了 我自己绕过湖里一个岛 想看看我能不能从那个桥下穿过 顺利通过之后 看到 Jess 和 Harry 打了鸡血一样使劲蹬 表情异常兴奋 这时候我才发现他们在追赶一只黑天鹅 半个小时一晃就过去了 我觉得当时我们应该选一个小时的 到了岸上觉得没玩够 但是去年生日时想划船的心愿 总算在大洋路的小镇上圆满了

到了 Port Fairy 我朋友琳把它叫作仙女镇 我自己觉得它没有很仙女 我读厨师学校的时候 班里有个上海女生 她家里有个亲戚在这里开了唯一一家中国餐厅 叫四季餐厅 我还记得那天新年她给我发消息说 如果不忙可以过去打工 于是我坐着长长的火车来到这里 住青年旅馆 在这里工作了几天 现在故地重游 心情多少有了变化

我们先去了当地在 Airbnb 上租的住处 把东西放进去 然后准备去当地的灯塔看看 然后去吃晚饭 顺着河堤往入海口走 灯塔位于海边的

一个小岛上 我们上了岛 按照指示找灯塔 一路上看到成百上千的洞穴 我们都很好奇是什么动物的洞 走了几千米 在海边看到很多海鸟 我说 我们干脆回去吧 我饿了 这样走下去要绕着岛走一圈 他们说好

回去的路上我们看到一对散步的老人 问他们地上的洞是怎么来的 他们很热情地说 是信天翁 说每年四五月份 都会有很多信天翁从北方 过来在这个岛上产子

到饭店的时候已没有了座位 让我们过一个半小时再来 于是我们 往镇子走 正好看到一个冰激凌店 写着 手艺人的店 进去以后看到一个 明信片的架子 上面有一个跳伞照片的明信片 那个人面目狰狞 我拿起 来给 Jess Harry 看说 这不就是我吗 我们大笑 卖冰激凌的大叔温文尔 雅 像是墨尔本大学研究怎么提高墨尔本整体网速的教授的长相 我要 了榛子味 Jess 要了巧克力味 Harry 要了咖啡味 和教授合照道别 出了 门口 我们彼此品尝了下 我觉得这个冰激凌太好吃了 在这么偏僻的小 镇有这么好吃的冰激凌很感人 和他们说 我们明天早上还来吃吧

一边吃着冰激凌 一边溜达 小镇不大 我们找到了四季餐厅 我心想 我同学一定不在这里了吧 结果推开门她和大叔坐在靠近柜台的圆桌上 聊天 见到我她惊讶了下 我一时间想不出她叫什么名字 我们还有 Jess Harry 一起在靠近窗边的桌子旁坐下 她说要去拿饮料 我说不用 我们 马上就去吃饭 不用麻烦 谈话间 我知道她已经有了小孩 就是大叔的儿 子 我们毕业后七八年 她一直在这个小镇工作 我说我第一本书拍成电 影了 里面有我们一起学厨师的片段 她说真好啊 走的时候 我问了她是 否有我的电话 说保持联系 出了饭店 我有一些心酸 想说这么多年 她 怎么就在这个小镇上安定下来 和那个大叔结婚生了小孩呢 但后来又 一想 人生真的有太多的活法 也许只有舒不舒服 没有对不对的

晚饭吃得很好 旅店里的小餐厅 却做出来墨尔本地道 Bistro（小餐馆）的氛围 三个人吃得心满意足 回到住处

［6］

从 Port Fairy 回墨尔本 并不用太久 来的时候走海边 一路走走停停 这样断断续续玩了五六天 回去的时候走城际高速 差不多三小时就到墨尔本了

返回的路上 我们经过一片田地 有非常多的白色蝴蝶在车子两旁飞舞 车子驶过 它们随着气流飘动 像极了我小时候在春天里看到的柳絮

走过两边是山地的公路 路边高大的树的影子 掠过车窗不断地在我们身上划过 这时候我想 很多人说 人生像是一段旅途 总是过得匆匆期盼着目的地 错过了很多风景 我很幸运 在我三十岁的时候 可以和我喜欢的人 撇开所谓的人生 真正上路 走走看看 有海风 有大洋 有路 有音乐 有酒 有阳光 也有星空

十年过去了 墨尔本终于变成了我的一个家 从今以后踏上的旅程都变成了一个回程 离它不远

［2016 年 5 月 8 日 去伦敦了］

为什么就来了伦敦呢 确定来伦敦以后经常被朋友问起

随着当时心情 或者 和这个朋友的亲密程度 或者 我喝了多少 我的回答也是多种多样

比如

A 我是去伦敦找对象的

B 正好新年的时候买去 Alice Spring（艾利斯·斯普林斯）的机票 发现在澳航网站上 4 月末有一天可以用积分换去伦敦的头等舱 于是问了下 Wg 直接就订了

C 我看了《诺丁山》七八十遍了 然后决定搬过去

D 墨尔本太舒适了 我想离开这个 comfort zone（舒适区）试试

E 看了 *London Spy*《伦敦谍影》以后我觉得 Alex 没有死 我要去伦敦破案（这个估计是因喝太多）

F 我准备去伦敦那个我很喜欢的花店工作学习 然后去制陶的地方上课 《云治》里小兔子的故事还没有完结 为了让故事继续 我准备自己去学习学习制作红心

H 好几个算命的都说我会搬去更远的地方 重新开始生活 而且好几个人说 我会在伦敦买房……

机票是年初买好的 每次被问道激动吗 我都说没有什么感觉 其间和 Jess Harry 去了大洋路旅行 和蝉 江 琳还有师父 温森去了大石头 和 Peter 去了阿德莱德见到了欧文 最后和教练 Euan 去了黄金海岸过周末 回来以后是周一 周五的飞机去伦敦 从周二开始和不同的朋友吃饭告别 周二早上起来以后顿悟自己要走了 不由得伤感起来

和 Young 吃饭

他是我朋友的朋友 后来我和我那个朋友渐渐疏远 和 Young 的友情在他的 不断维护下却 花开不败 大概两年前他找了新的交往对象 新西兰人 两个人相亲相爱 一直到现在 见面一起吃饭还是很黏糊 让人讨

厌（羡慕）

Young 性格很好 也很会照顾人 我经常和他说 你是我最喜欢的韩国人

我们约在 CiBi 吃饭 之前他说 Phil 姥姥去世 我回新西兰了 我来找你吧 我说你来太远了 我们就在 city 附近吃好了 他按时到 我离开家迟了 到的时候他已经坐在那里 我说我很抱歉 他说没事 我知道你会迟到

我看到他手上戴着护具 问他怎么了 他说他在饭店做服务员三年多 可能端东西端太久 那个手腕总酸 最近使不上劲儿 上周摔了很多盘子和酒杯 我听了觉得很难过 上一次一起吃饭的时候 他说他胃口不好吃东西总是不好消化 这次又来这个 我说你这样不行啊 你得好好照顾自己 要不别做服务员了吧 看看找找酒店的工作 他说他正在考虑

饭后我们散步 我说你等一下回家吗 他说 Phil 不在家他不想回去 为了省钱他们住在很便宜的区 和三个室友一起住 他说他不喜欢那些室友 有一个室友是越南的澳大利亚人 整天在家打游戏 音响开得很大声 房间里一直是枪炮和杀人的声音 第二个室友是 俄罗斯人 好像有三份工作 搬进来第二天 就在房门上装了一个 特别大的锁 和他说话也显得很冷漠 第三个室友是印度人 他一做饭满屋子都是咖喱味 Young 一脸无奈 用韩国口音感叹说 而且我不懂那个印度人怎么有那么多话要说 整天都在打电话 所以如果 Phil 不在家我都尽量不在家待着 我心想两个人即使相爱也要面对各种问题啊 又默默地想 如果有了爱情其他那些应该也很容易战胜吧 后来我问他 你们交往这么久关系还是这么好 有什么诀窍吗 他支支吾吾也说不出来 我问 都不会觉得腻吗 他说不会 每一天都比前一天更喜欢 他说的时候眼神很坚定（真是讨厌

死了）

分别的时候我抱了抱他 说你要好好养手腕 不要再过度劳累 帮我和 Phil 带好 你要是结婚了告诉我 他笑说 一定要请你来的

和 官邸老板娘吃饭

我们上一次见面应该是几年前了 本来两年前有一次我们约了午饭的 我刚要出门 师父给我来了电话 那阵子她要买房子 很多地方不清楚 说当天约了中介 选材料和颜色 她心里没底 我说我今天约了老板娘吃饭 她说能不能和老板娘说换一天 我真的特别希望你在 我看了下时间 想着玛格丽特应该还没离开家 于是我给她打电话 打了几通没有人接 就写了短信留言说 我朋友因为房子的事情着急找我 今天我不能过去了 看到后请和我联系 快到中午时我和师父已经在她的房子那里了 老板娘回复了消息说她手机没电了 自己在餐厅等了好久才吃午饭 我当时很抱歉 心想她应该不会再想见我了吧

这次走之前 我问她要地址 想把装有《陪安东尼度过漫长岁月》电影的 U 盘寄给她 和她说 我要去伦敦了 结果老板娘说 你明天有空吗 我们吃午饭

我们在 Cumulus 吃饭 我去的时候她刚到 在门口抽烟 她还是和以往一样穿得很华丽 像苏格兰 *Vouge* 总监 脖子上戴着大拇指一样粗的项链 她看到我就给了我一个大大的拥抱 说亲爱的 你看起来棒极了 我说你也是啊 她笑着抽了口烟说 哪里 本来周二是我弄头发的日子 为了见你我头发都没去弄 像个疯婆子一样就来了 说着她顺了下浓密的金发 我们进去 坐下以后她说 她没来过这个饭店 觉得看起来还不错 她

说她和这个饭店的老板是好朋友 他别的饭店她都去过 我问她 她现在在做什么工作 她说 负责整个维多利亚地区 药妆店里的香水投放 我说很棒啊 她说工作倒是轻松 但是赚的钱根本不够我花 我说那是你花太多了 我们一起笑

我们也聊了聊我 工作 感情什么的 她问我电影卖得怎么样 我说上映时间有点短 但口碑很好 电影里面演你的人长得还行 气势不够 她笑 问我说 你和淘尼还有联系吗 我说几年前见过一次 后来就没了联系 我也不敢请他看这电影 电影里演他的厨师 一直在骂人 玛格丽特说 淘尼不就那样吗 我说 还好啦 他对我也不错

本来是午饭 我们俩还是喝了一瓶酒 开始她点了一瓶她喝过的酒 说这个酒一般 但是比较保险 我看了一下酒单说 要么我们试试别的吧 于是点了一瓶 Yarra Valley 的 她打趣我说 你是觉得我太保守了吗 我不好意思 摇头说 我想和你一起试试不同的 结果那瓶酒非常好喝 我俩喝酒都很快 没多久就喝了一瓶 我心里有些感慨 说 我来澳大利亚十年 做过很多工作 官邸的工作最特别 最难忘 感觉不仅仅是一份工作 更像是一个家 老板娘和我说 亲爱的 这些都是命中注定的 还记得你第一次骑个自行车过来吗 敲门进来后 话都说不明白 我心想哪里来的亚洲小毛孩 就说没有工作过一阵子再来吧 结果过了几个月 一个下雨天你又骑着自行车来了 当时我就想 我一定要给这个小孩一份工作 结果你来工作以后我越来越喜欢你 感觉像变成你妈一样

分别的时候 玛格丽特说要去商店逛一下 问我去哪里 我说我订了一个本子要去店里拿 她问哪个店 我们顺路吗 我本来不想提 被她这么一问只好说 在爱马仕订了一个笔记本本皮 她说你太浪费了 十块二十

块就能买很好的了 干吗乱花钱 我说 Like mother like son（有其母必有其子）她笑

我们在爱马仕门口道别 我好好地抱了她一下 说保重啊 她走出去没多久 忽然转身 在人来人往的考林大街上 和我招手说 保持联系啊 爱你哦 然后就哭了起来 路人不知所措地看着我俩 看她一哭我也难过 和她招手挥别 她转身继续走 背影像一个小女孩

和阿姨吃饭

等我回到家已经是下午了 阿姨正在家里打扫 因为我去伦敦以后 Jess 会搬去我的房间 楼下房间空出来在 Airbnb 上出租 所以有很多东西要打扫 尽管这次去伦敦我带的东西不多 但是还是觉得很没有头绪 我在电话里和她说 阿姨我要崩溃了 不知道从哪里下手 她说 没事 等我来了帮你弄 几下子就弄好了

我们开始收拾 她说先把你要带的衣服拿出来 剩下的我们分类放起来 要带的衣服也按照外套 衬衣 内衣 裤子分类叠好 用塑料袋捆上 结果两个小时左右我们把箱子收拾好了 衣柜也空出来 这时候天要黑了 我说 阿姨 我后天就走了 咱俩一起吃个晚饭吧 她说好 随便吃点 不要太贵 这时候我找到一件羊绒的深蓝色外套 因为这衣服袖子太短 买了之后我就穿了一次 我说阿姨这件衣服给你 阿姨问 这衣服贵吗 我说很贵的 结果她说那我不要 说这个等你留着给你妈妈 然后把那件衣服也收起来了 看着空空的衣柜 我真的觉得要离开这个家了 我说 阿姨我带你去吃一个好吃的吧

我打算请阿姨去我家附近一个很棒的餐厅 Woodland House 然后我们走了好远 阿姨问还没到啊 我心虚地说快到了快到了 心里嘀咕 我忘记这饭店这么远 早知道应该打车 我和阿姨点了酒 前菜 主菜还有甜点 我们一边吃一边聊天

有的时候 讲一讲阿姨眼泪就在眼圈里打转 于是我就要说些别的阿姨和我说 马亮啊 我和你说 人啊 要有想法 阿姨之前在国内是工程师 做行政的 来这里以后想找个工作 于是在网上放了广告 第一个打电话找我的是个中国女生 家里还有个孩子 我去第一次工作了四个小时好多东西要洗 她家又特别乱 弄好之后她和我说 给我一个小时十块钱本来只想给八块的 后来我拿着她给我的那四个小时挣的钱 在车站一边等汽车一边哭 第二次我去她家的时候 从车站往她家走 附近没有什么人 我一边走一边喊口号 现在的一步后退 是为了将来大踏步地前进

她说 你家是我工作的第二家 在你家没做多久 第一家我就不去了我说我还记得 我当时在网上找到你的电话 打过去是叔叔接的 然后他让你接电话 你接到电话和我说 你家有小孩吗 有小孩我不做的 我说没有 她笑

她说我刚来你家的时候 你刚搬来 墙面还是白色的 地上还是地毯你在电话里说每小时给我十五 我临走你还多给我二十块 我笑说 真的吗 我完全忘了 阿姨说 我记得清清楚楚 你当时和我说可能因为刚搬进来 家里太脏 一小时给十五你过意不去

阿姨说 我在你家做得最开心 后来有越来越多的清洁的工作 有一天我决定 我只做有钱人家的清洁 于是把其他工作都辞去了 而且把工资也加到三十多 低于这个我都不做 现在就你家二十多没涨价 现在阿

姨做得特别开心 每个小朋友都特别有趣 比起我之前的工作 我更喜欢现在的状态 她说 马亮啊 我现在做的每一家 都比你有钱的 基本上家产都上千万 那些小孩也都很有礼貌 可能学习一般 但很会赚钱 但你和他们不一样 你是白手起家 阿姨这几年 是一点点看着你越来越好的

后来我们回忆了 我坐到酒杯上 她要我脱裤子给她看看屁股 我不让 还回忆了 她刚开始来我家工作 我嫌弃她弄得不好 还发了微博 她还说 马亮 将来你妈妈要是还催你结婚 阿姨给你想个办法 你让你妈妈加我微信 阿姨和她讲讲 阿姨最了解你了 有的时候 局外人看得更清楚 我说好啊一定的 说着说着她眼睛又红了

我问阿姨你觉得好吃吗 她说好吃 比我女婿带我去的那家好吃 那家也很贵的 我说当然 毕竟是我选的地方 她笑 吃完以后已经快十点钟了 我说我帮你打个车回家 她说太远了浪费钱 坐公交就好 我知道她要换几次车才能到家 就骗她说 我卡里有优惠券 还有一个月过期 我都要走了 你要是不用就浪费了 于是阿姨就同意了 临上车前 阿姨很郑重地走过来和我说 我们抱一下吧 我紧紧地抱了她一把 说阿姨保重 我走了以后家里交给你了 她说 放心吧

送走阿姨以后我心里有点失落 又去了琳和文森家 坐了坐 琳给我准备了一个生日礼物 是一个本子 这几年在墨尔本 他俩帮我很多 我出门的时候琳说你走的时候我们去送你 我说不用了 这次坐头等舱 航空公司有车来我家接我去机场 再说每次分别都好伤感 没多久我就回来了 不就半年时间吗 她点头

和 Chan 吃饭

周四的时候 约了Chan吃早饭 天气特别好 秋高气爽的 他来我早上锻炼的公园接我 我们去Como附近的一个公园吃饭 吃饭的时候我和他说 我最近心里很难受 总是想哭 他好像一个大师兄一样安慰我说 没事的 你去了以后很快就会适应的 我看了你的星盘 6月底之前生活中的感情和事业是一个高潮 一定有很多很好的事情在等着你 只是你快去快回就好 你走了以后 我们就好像失去了一个小太阳一样 都不知道绕着谁转了 我说 平时你们也没绕着我转啊 他笑说 那个感觉你不懂的 你有一股力量 把我们都凝聚在一起

我说希望去了伦敦我也可以做小太阳 他说你会的 去了那边很快就会有很多朋友了

下午的时候我去做了个按摩 莉资是我的按摩师 最近一年多 我只要在墨尔本 每周都会去 按摩 他们的店在Chapel St上 很难定义 可能算是希腊或者罗马的草药店 他们卖茶 护肤用品和调料 也做按摩和理疗 因为要去伦敦了 而且也是我这个疗程的最后一次 老板和莉资给我安排了一个免费的SPA 莉资说你做个舒缓的精油SPA 明天轻轻松松地去旅行

我第一次在他们店里做蒸汽SPA 莉资先让我把衣服脱光 她的头转向一边 递过来浴巾 让我围上 然后带我去了 一个蒸汽的房间 这个房间很干爽 里面有个立起来的小学书桌一样的柜子 上面有个洞 正好可以把头露出来 她又把头侧到一边 把浴巾拿回去 让我坐进小柜子 然后把柜门关上 我关门以后 她在一旁水泵一样的机器上按了几下 她说一会儿就热了 说我去给你倒一杯水 我一个人坐在那个柜子里面 只露出来一个脑袋 看着对面的镜子 心里想着清朝十大酷刑 再看看旁边的

机器 觉得自己要变成美国队长了 没过多久水汽上来了 我觉得非常舒服 不清楚他们在哪里放了精油 有鼠尾草和薄荷的香气 眼睛凉凉的 坐着坐着我竟然哭了出来 是因为心里觉得要离开墨尔本 不会再回来了吗 还是因为和朋友一一道别的不舍 我也不清楚 总之蒸了一下以后 觉得好多了

和小托道别

过去几天天气特别好 可是周五要走这天开始下起雨 我下午三点的飞机 和小托约了一起吃午饭 饭店在墨尔本皇家植物园旁边 他在那里实习做园丁

早上起来以后我才发现还有好多事没做 银行卡没有申请 电话卡没有注销 旅行保险没有搞定 还有一个箱子没有收拾 一上午都在忙这些事情 眼看着就到和小托吃饭的时间了 我发消息给他说 我这边还没忙完 我可能要迟到十五分钟 他回消息说 他午休时间只有半小时 但不要紧 他去那里等我 我让他先点起来 吃上

我匆忙地打 Uber 过去 他点了一瓶啤酒 坐在饭店的前院 身穿植物园的工作服和半高的皮靴 我们好像点了汉堡 我问他能不能打电话跟同事说晚一点回去 他说这样不好 赶上今天下雨 有好多事情需要做 我们都说了什么呢 现在也想不起来了 只记得他那天很安静 他说他准备把他的公寓卖掉 有了钱也要去伦敦 说英国的公园非常美 他说他很喜欢现在在皇家公园带他的师父 师父是个中国人 对古树很有经验

他要回去工作了 我们都站起来 他一下子严肃起来 上来抱了下我

开始只是分别时那样礼貌性地抱了下 顿了一下 紧紧地拥抱了我一下 他说 再见了安东尼 转身就走了 明明下着雨他却没打伞 我目送他消失在对面的公园里 之后坐在原位又叫了一杯酒 觉得这样的离别挺忧伤的 让我一下子老了一点

和墨尔本道别

回到家发现 Jess Harry 和 Chan 在 我说不是说好不要送的吗 Chan 说你要去那么久 当然要来送你的 我的箱子都已经收拾好了 来接我的司机到了 给我发了消息

我背着书包 Chan 帮我推着箱子 Harry 在一边拍照 我和 Jess 说 家里交给你了 她说你放心吧 我们伦敦见 和他们一一拥抱上了车 因为经常旅行 从我们家去机场这条路我再熟悉不过了 我们的车在高速上行驶到一半的时候雨停了 从一个高架下穿过 抬头一看 远处挂着彩虹 心想 这旅程会好

[2016 年 5 月 春暖花开 啰里啰唆]

微信平台 创建了几年 没有很系统地更新 有的时候耍彪会上来说几句话或者 唱跑调的歌 承蒙大家厚爱 即使这样 也快有十万的订阅了 最近在整理《绿——陪安东尼度过漫长岁月Ⅳ》的内容 来伦敦以后开始了鲜花的课程 在诺丁山住了一个月 Jess Harry 小茫来 我们一起玩了一周 去了天空岛 牛津 剑桥…… 他们走了以后 我的生活又空了下来 因为搬了新家 所有的课程也暂时结束 想说干脆就好好 更新一下日记 写写 接下来在伦敦这一百天要做的事情吧

［2016年 在伦敦 一个人 倒数八十四天］

我在诺丁山住的时候不是很快乐 直接原因是 我的室友肖恩是个疯狂的人（间接原因是 不论是看塔罗牌 还是看手相 星盘的人 很玄的人都跟我说 我来了伦敦以后会遇到百分百恋人 我都来了两个月了 这个人还没出现 有点泄气）

周三周四晚上也要开 party 晚上十二点多了 也不断有人按门铃进来加入

我入住前广告上说的是 我会有自己的房间和洗手间 结果每次他开 party 客人都用我的洗手间 有一次有人还用了我的毛巾和漱口水 而且又特别吵 凌晨在楼上大声放音乐打乒乓球 我觉得上楼对一群喝得醉 玩得爽的人说停下来 我要睡觉 这个举动很不酷 而且不成人之美（难道是成人之恶了？） 于是就忍着 翻来覆去睡不着 在楼下看电影 凌晨四点钟 人渐渐散去了 我才开始睡觉 于是在诺丁山住的那段时间 我经常上课迟到 因为每天都会睡过头

这样又忍了一周 忍不住了 决定搬家 其实肖恩也不坏 我来伦敦以后 正好我们《陪安东尼度过漫长岁月》的导演和之前剧组的几个好朋友一起来伦敦拍戏 我邀请她们来我家做客 肖恩很热情地拿出来红酒和大家分享 还打开天窗让大家上屋顶看美景 这些我都是很感激的 房租我缴了两个月 只住了一个月就要搬走了 走的时候肖恩说 我之前给他的钱他已经花掉了 不过他一定会把剩下的钱还给我 我是个很不好意思谈钱的人 就说好 我信你

新家在 East London Bricklane 上 一个很吵闹也很有趣的地方 很

多印巴人 也有很多 hipster（赶时髦的人）很脏 很有趣

我租了一个一室一厅的房子 自己住 准备搬进来的时候 发现上一个房客竟然是大连人 而且她看过我的书 她叫夏天 我第一次见她的时候 她眼睛周围涂着亮晶晶的东西 鼻子上夹着一个圆环 看起来像个朋克 夏天把家里弄得更像一个窝 床塌了她也不在乎 弄个充气床垫在客厅里睡 尽管我是没有办法像她那么过的 但同时也觉得她把日子过得挺好 做好吃的饭 有一起喝酒玩耍的朋友 对工作也有热情 不知道哪儿来的那么多精力

房间清空以后 完全变了样子 大了好多 搬进来的第一天 宇华和大白过来帮我收拾 我说我需要一个床头才睡得踏实 于是他们陪我去二手家居店 去的路上 我看到 一个垃圾站旁边有维修公路时用的塑料栅栏 我说这个挺好啊 当床头正合适 还是免费的 他俩极力反对说 你再看看 不要冲动 后来我们在一个老旧的家居店买了一个桌子板 搬回家一放 完美 于是一鼓作气又回去买了几个木盒子 还有一个小台子

大家都饿了 在路边买了热狗 找了块空地就坐下来吃 来伦敦没多久 却认识了特别好的 可以托付的朋友

后来大白 宇华回家以后 我把床单换了下 洗了个澡就睡了 躺在床上 心想终于感觉在这个城市里有一个自己的地方了

第二天早上起来 买了两块三文鱼 用蚝油腌了一下 上面撒了点黄糖 因为我房租是包水电的 我也没客气 即使两块鱼而已 我还是开了烤箱 调到烘烤 二百度 八分钟 好吃极了

周日和大白 还有诗卉去哥伦比亚花市买了一些向日葵和薰衣草 还有一些鲜切花 凭借在鲜花学校学到的本领 把房间弄得美得不行 我都不好意思了

临睡前 在叫作 Riverford 的网站上 订了有机蔬菜 还有肉和水果 好几个箱子 明天上午会送到家 不谈恋爱的日子里 我要好好做饭了

今天 看到余秀华写的诗 很喜欢

你没有跪拜过的菩萨 不配保佑我
我焚过香的庙宇会 重塑你金身

[2016 年 在伦敦 一个人 倒数七十六天]

我现在住的这个区挺乱的 满是酒吧 商店 二手店和创业中心 经常在回家路上 都会看到有观光团在我家停下 流连忘返 导游被围在中间 指着我家邻居的门说 开膛手杰克 曾经就在这个地方 凌晨五点时杀死了一个四十七岁的妓女 把她的喉咙割下来 肠子被甩在右肩上…… 手段极其凶残 加上前几天夜里 和氧气女孩们吃晚饭时 听人妻绘声绘色地讲的北京剪尸案 我一个人在家多少还是会 胡思乱想的 现在家里的门又不太好用 基本上一脚就能踹开 所以回家以后我都会用钥匙把门下面的旧锁也锁上

半夜一点 在家洗毛巾和桌布 睡觉前去洗澡 洗到一半忽然听到有人敲门 我惊慌地把水关掉 这时候还是一头泡沫 仔细一听 确认是敲我家的门 赶快用毛巾擦了头发 围在腰上 我说谁啊 听到外面一个男人声

音说 这么晚了洗衣服 楼下很吵 拿钥匙开了门 发现那个人已经走了 我回厅里把洗衣机关掉 又回到浴室洗澡 心想家里有个猫眼就好了 后来又想 之前在诺丁山总被吵 现在搬来这里 开始吵别人了 有罪恶感的同时 也有些爽

后来我和诗卉说这件事 她说 你在诺丁山住的时候怎么不和房东反映 我想了想说 可能因为我窝囊吧 她愣了下说 你对自己 也够狠的 其实在诺丁山住的时候 我也和房东反映过 肖恩总是认真道歉 坚决不改 我拿他也没办法

昨天起来没多久 手机响了 是我在网上订的有机蔬菜水果到了 我第一次预订不知道量 一下订多了 大大小小来了八个箱子 Riverford的师傅打电话给我问我能不能下去帮他 我抱了箱啤酒还有水果 他推了手推车 到了楼下他把手推车抽出来 留下全部东西 和我说谢谢就要走人 我愣在那里 又不好意思说你帮我搬上去啊 只好默默地和他招手 我们家是幢老楼 楼梯非常窄 我穿 42 号的鞋子按说也不算大 但一级台阶只能放下我三分之二的脚 因为房间层高很高 上个三楼很吃力 整个一腹部核心运动 我上上下下四次才算搬完 浑身都是汗 看到一厨房的蔬菜水果还是非常开心 立刻就和朋友们约了晚上来家里吃饭

· 做了烤新土豆和 大葱 味道不是我吹 感觉好像是 在山里走了一下午 回家妈妈正好又做了最喜欢吃的菜 新土豆打开袋子的时候还是潮湿的 有一层薄薄的皮和土裹在上面 把它们放在清水里用刷子刷干净就好 不需要用刮皮刀去皮 用冷水加盐 把土豆放进去 用小火煮 到把刀尖伸进去 无阻力滑落为止

· 煮好的土豆要沥干 冷却 放到烤盘上 用叉子把它们压扁 但不要

太碎 淋上橄榄油 把黄油切小丁 每一个上面放一块 可以放一些干的香料 这个时候把大葱洗净 从根部半厘米的地方往上切十字 淋上橄榄油盐和胡椒

・两个一起放到烤箱里烤 二百度 差不多十五到二十分钟 烤到金黄为止 因为现在租的房子包水电 我经常用烤箱

我不喜欢做甜点 饭后我们吃了原味希腊酸奶配各种莓还有蜂蜜 吃了太多 三个人饭后都想出去走走 结果走太远 又饿了 找到一家肉店 分了个羊腿吃

今天早上起来 发现下雨 周末买的向日葵和一些香草都蔫巴了 买的时候卖香草的阿姨特意和我说 不要浇太多水 我想了下还是把它们放到窗户外淋雨 果然几个小时以后它们又都直立起来 变得很有活力了 我觉得特别欣慰 因为我之前养香草 一直养不好

下午两点约了击剑 击剑是我墨尔本教练的客户若波特介绍的朋友 我来伦敦前 教练生日 几个人相约一起去拜伦湾过周末 晚上教练和男友去过二人世界 我和若波特一起吃好吃的 聊天期间他和我说 我在伦敦有个好朋友 等你去了我可以介绍你们认识 他在伦敦很吃得开 可以帮你进入一些圈子 我说好啊

到了伦敦 若波特写了邮件互相介绍了下 我和击剑就加了whatsapp 击剑的头像 是他穿着职业运动服击剑比赛的样子 我觉得挺新奇的 后来我们聊天 知道击剑 开一个饭店 住在东伦敦 在爱尔兰有个房子 还喜欢击剑 击剑约我出去吃饭 问我要去哪里吃 我说你选吧 后来击剑订了一个叫 The Ivy 的地方

我早上起来在床上看刘畅的《极速前进》觉得他动作挺不协调的有的时候真为他着急 同时又在心里觉得他是个好人 在电视上看到电影里的安东尼 还是觉得很亲切 也觉得郭晶晶和她老公真的太招人喜欢了

看着看着 见面要迟到了 我搜了下 The Ivy 非常经典的样子 Google 一看 各种明星出入 于是洗了个澡 穿了牛仔裤 白色衬衣和马困的西服外套 从 Liverpool(利物浦)坐车到 Tottenham court Rd(托特纳姆法院路)出了车站开始下大雨 我发消息给击剑说 我被大雨困住 要迟到一会儿 击剑回复 没事 我到了 我可以给我们弄个好座位

还好西装是羊毛的 不透 但我到饭店的时候 也被淋得厉害 我一眼就认出击剑 在酒吧旁边坐着 我们打招呼 我刚坐下 击剑递过来酒单问我白天喝酒吗 我说当然 击剑笑 说 回答正确 结果击剑要了一瓶香槟

吃饭的过程中 我们互相讲了一些自己的事 击剑和我说这个酒吧很低调但是很有名 经常可以在这里看到明星和有头有脸的人 如果你谁都不是很难订到座位 我说 听着有点虚荣 击剑说 伦敦就是这样 有各种各样的小团体 在里面的人没什么感觉 是外面的人的好奇心 让这样的地方变得特别 午餐非常愉快 击剑语速非常快 我说 你说话太快了 你是不是脑子也转很快 他笑说 很少这样 我说 再喝点 别紧张 击剑说 你的口音很好听 很多中国人说英语的时候 嘴里都像是含着石头一样 我说 是吗 我没什么感觉 但是我在澳大利亚住了十年 没有澳大利亚口音 觉得很遗憾 击剑说 澳大利亚人不会说英语 我说 How rude!然后我们都笑了 聊天中 我知道击剑做过很多事情 在伦敦有一个 当年排名第二的酒吧 说到甜菜根 我说我订了好多蔬菜吃不完 如果想的话

可以来我家吃饭 击剑欣然接受 买单的时候 我拿出信用卡 击剑说 我点的酒 我来买单吧 我不想让他觉得我占他便宜 就说我们平分吧 击剑说 我点了很贵的酒 我心想能有多贵 就说 That's manageable 结果看了账单心里一抖 两个人没吃什么东西要四百多英镑 那瓶酒就要两百五 我心想你这个王八蛋 午饭而已点这么贵的酒 早知道我慢点喝 好好品品…… 但 还是装作很痛快地刷了卡 我上一次吃这么贵 是和伦敦的一个富二代 天真无邪 他是朋友的朋友介绍的 刚来伦敦的时候 他请我去一个很棒的饭店吃饭 后来我回请 让他选地方 结果很贵 吃得是不错 但点太多又不让打包 我觉得很浪费 其实我早就应该猜出来 天真无邪对钱没什么概念 当初我问他哪里有卖网球拍的 他回复我说 哈肉丝……

走的时候桌子上气泡水还有半瓶 我和服务员说 气泡水我可以带走吗 他迟疑了下说 盖子已经扔了 让我等一下 结果给我的一个袋子里面是一瓶新的气泡水 我想 收费果然和服务成正比

能认识击剑还是很开心的 觉得击剑很有趣又聪明 这时候我手机响了 原来是昨天送货的师傅 他说我买了肉 但是昨天忘记给我了 他今天路过我家门口问我在家吗 我说我在回家路上了 要半个小时 师傅说那他放门口了 我家门口是扔垃圾的地方 我说你把箱子放另外一边吧

击剑听到我们谈话说我们住得很近 可以打车送我一下 车上我们聊天 击剑说如果我有空 可以邀请我去爱尔兰玩 我说我在伦敦是半年旅行签证 没有申根签证去不了 击剑说 我在政府认识人 只要你在伦敦是合法居住的 我就能给你弄去 我一听 这口气 我问 你几月生日啊 击剑说 你猜 我说 4 月 击剑吃惊地看着我 问我怎么猜到的 我说凑巧罢

了 心想 看你这么嚣张又单纯 估计就是个白羊座 果然击剑和我住得很近 击剑下车的时候 我也下车了 我回家路上 又开始下雨 被淋湿了

回家搜了一下击剑 被吓到 击剑冠军 地产大亨 讲十种语言……伦敦是一个 藏龙卧虎的地方

看时尚博主说 把衣服反过来穿很时髦的 想到自己在苏格兰的时候就干过 问 Harry 要了照片 他说晚上给 看到照片 又想起我们几个人在天空岛一起玩的日子 心想如果没有爱情 有朋友也很不错

晚安

［2016 年 在伦敦 一个人 倒数七十七天］

来伦敦之前 就想在这里学一些短期课程 之前想学的科目是 文学 舞蹈 插花和制陶 文学写作的话 我有个好朋友说 我写东西一贯走散仙挂的 无师自通顺其自然 怕是没找到好的学校 学了条条框框 以后写东西反倒没了滋味 于是搁置了 舞蹈的话 这几年膝盖经常疼 往往跑步都不行 更别提跳舞了 但我现在觉得回墨尔本以后可以学个芭蕾 主要锻炼腹肌还有对气质好

有制陶的想法是因为 之前绘本《云治》里写过小兔子做了一颗陶瓷红心 却不知道为什么要做它 想说干脆自己学一下 就在伦敦报了一个班 上几节课看看

想学插花是因为我们家有个很大的窗户 很大的桌子上有个很大的

花瓶 家对面的市场里有一个很大的批发鲜花的摊子 从常见的玫瑰 百合 到少有的叫不出名字的花 到睡莲 大的枝叶 菠萝 芭蕉都有 我经常去买鲜花回家装饰 但是总觉得做不好 于是想学习一下 朋友推荐了一个伦敦的花艺学校 叫 McQueens 我上了 Instagram 看了看他们的账号 做得挺美但是有点无趣 中规中矩 于是在 Instagram 上 开始搜伦敦的花艺学校 就这样我找到了 Catherine Muller 每一种插花都很不一样 充满生机的样子 于是就写邮件过去 对方很快回复 我选了我想学习的课程 鲜花的课程每周一个主题 从周一到周四 早上十点到下午四点半 我学习了一个半月 朋友们来伦敦之前结束的 离现在差不多有一个月时间了

周末中午的时候 宇华过生日 叫上恒殊还有大白一起来吃饭 我前几天买了猪肉碎 用葱头 大蒜还有日本大酱 配着黑啤酒熬了一锅肉酱做了炸酱面 大家吃得心满意足地撤了

晚上请 鲜花学校的韩国同学 Subin 和老师 Jojo 来家里吃饭 Subin 带来了礼物 一个除玫瑰刺的鲜花刀 还有一个花瓶 Jo 带了一瓶红酒

因为 Jo 不吃猪肉 我晚上打算做烤羊腿和 烤时蔬 之前周一送来的蔬菜要尽快吃完 因为下周一又有新的送来 还用 味噌配芝麻酱还有 橄榄油做了个吃黄瓜条的蘸酱 结果蘸酱最受欢迎 三个人边吃边聊

Jo 说她办鲜花学校快三年了 我是她第二个男学生 第一天我到教室的时候 她还以为我走错了 感觉我迷迷糊糊地就进来坐下了 她还特意回去快速看了一下报名表确定是我 她说 第一个来上课的男生也是从澳大利亚来的 是日本和澳大利亚的混血 也特别好看 才十六岁 他妈妈给他报的插花的课程 他也是迷迷糊糊的感觉 上课的时候会在旁边

架个 GoPro 给自己录像

老师说 亮 你知道吗 你不在的时候 我们经常讨论你 我说是吗 希望都是好事 她说当然 你后来不来上课了 我们都很想你 如果当天做的是比较倾向花园风格的 就会说 亮一定很喜欢这个 我笑 说我也很期待回去上课 我 9 月份还有一周的课要上 Subin 和我说 如果家里什么时候需要鲜花告诉她 她每天上课做两束 家里已经摆得像个温室了 我想要的话 可以把她的花给我 Subin 安安静静的 平时话不多 认识后觉得是一个很酷的人 他们家在韩国有个医院 我本来想和她开玩笑说 是整形医院吧 结果没好意思 她说 她辞去家里的工作就来这里学习插花了 以后打算开一个花店 我们班级里的同学 家里都很有背景 漂亮的东欧女生 有个特别有钱的北欧男友 看她的 Instagram 照片 到处玩 都坐私人飞机 还有香港的同学 老公是做金融的 我问她是住酒店还是 Airbnb 她很谦虚地说 他们家在上海 香港 伦敦都有房子 还有英国阿姨 家里有个庄园 还有湖 还有个美国同学 老公是好莱坞的导演 拍过安吉丽娜・朱莉的戏

一个半月的鲜花课 除了学到各种鲜花草叶的名字特点 也学了颜色搭配 构架以及鲜花的保存 还有其他很多东西 有一些我觉得和人生的道理是一致的 在这里和大家分享一下

・鲜切花 插入水里的部分 最好把叶子清理干净 因为很多细小的叶子在水里久了 会变臭

・风信子 有的时候买回家里 变得没有生气 开始耷拉 这时候有几步可以把它变得 新鲜起来 首先 剪去下面一段花茎 在根部 用十字切法 帮助吸收水分 把多余的花叶去掉 使更多水分送去花头 把花头浸在

冷水里 然后甩干 因为风信子花头也吃水的 最后 用报纸包围花头 把花茎浸在热水里半小时 拿出来 这时候 整个风信子就会活过来 脆脆的

· 自然的插花风格 最高点不要在中间 也不用特意创造 圆形 或者整齐的线条

· 手捧花束的长短 差不多是 两只手 加上 两个指头的距离 这样拿着很舒服

· 有味道的 特别是味道很香的鲜切花 保持的时间都不长久

· 通常美丽而又少见的玫瑰 刺都很多

· 在鲜花市场里看到很多 枝茎笔直的鲜花 基本都是人工培育的 自然界的花大多弯弯曲曲 也最适合 用来插花

· 插花的时候 颜色浅的花 在上面 深一点的在下面 可以营造阴影的立体感

· 相同种类的花 尽量 高高低低 前前后后地插在一起 因为在自然界里 它们一簇簇地生长 当然可以有一两个 调皮地不在一起

· 有明确花头 或者方向的枝叶 可以把它们的顶端有意识地 摆向一个方向 营造 有风吹拂的感觉

搬到新家以后 也会买一些花 回家弄一弄 能很明显感觉出来现在插花的时候心里有数 有一些想法 不是乱弄了 也算学有所成吧

[2016 年 在伦敦 一个人 倒数六十八天]

好几天没写日记 因为我在看《绝命毒师》一鼓作气看了四季 不对 现在第五季也看了四五集了

看到后面我开始有点不喜欢 Mr White 了 觉得他变得有点偏执

但是同时又理解他 人生不得志 得了癌症 Cooking 是他能做的最好的事 我在想 他干吗不申请去药监局工作呢 觉得这个剧 结束在 第四季该多好啊 坏人都死了 好人都在 也有钱 多好啊 人物方面 我很喜欢 Pinkman 还有 Mark 那个律师油嘴滑舌的 但我也不讨厌

其实我每天都在想要写日记 但是一直都没写…… 哈哈

来伦敦以后认识了不少朋友 有一些非常棒的 第一次见面就喜欢的 比如 Cate 之前在上海拍摄有名的时装杂志认识的编辑 Chen 介绍她给我认识 她说 Cate 是我非常好的朋友 她在伦敦一阵子了 你们可以认识一下 后来有一次我在家里做饭 突发奇想说 可以叫几个朋友一起来吃啊 发消息给几个朋友 让他们来 本来想 Cate 怀孕来应该不方便吧 结果她第一个回复的 说 正好我老公和他朋友们晚上聚会 去吃垃圾食品了 我等一下就来 那是我们第一次见面

我见到她的时候 她的肚子已经蛮大的了 但是整个人看起来还是很轻盈 坐在椅子上的时候 不会察觉这个家伙怀孕快生了 那天晚上我们吃得很愉快 我把能喝的带酒精的都喝了 她回去以后 给我发消息说我和老公订了 River Cottage 的一个周末午餐 因为有点远 加上要坐拖拉机颠簸 可能去不了了 我们几个月前订的票 如果你有空的话 就送给你吧 火车票也买好了 当时我特别开心 因为 River Cottage 是我在墨尔本时就一直想去的餐厅 结果 真的名不虚传 和宇华去吃了顿很开心的午餐 回来以后 我就要请她和她老公出来吃饭

我们在我很喜欢的餐厅 Town Hall 吃午餐 Cate 老公很逗 叫三萌 感觉是很典型的英国男生 中文讲得不错 也挺温柔的 我们吃完饭

打算去附近市场走走 聊天的时候 我和他说 你的中文说得不错 他说大部分都是 Cate 教他的 所以他担心他的中文很像女人 我笑 说没有这回事

后来有一天 我和 Cate 两个人 白天约出来去北边的大公园 Hampstead Heath（汉普特斯西斯） 玩 两个人聊了很多东西 原来我们都是太阳白羊 上升巨蟹的

Cate 说和三萌在一起打破了她人生的两条准则 不找外国人 不搞远距离恋情 认识以后她根本就没有想过两个人会发展出什么结果 但是就像她很喜欢的作家卡波特说过的 头脑可以接受劝告 但是心不能不爱 因为不懂地理 所以不识边界 当时 Cate 居住在上海 三萌居住在伦敦 因为工作关系 Cate 有很多机会去欧洲 三萌也会从伦敦飞去找她 来来去去两个人就在一起了 结了婚 还有了小孩

三萌也是很萌的 有一次他们去公园散步 白甜的白羊女指着一种植物说 这个是槲寄生吗 其实那植物不是 但是看起来很像 婚后三萌就和 Cate 说 交往的时候 你给我很多暗示 比如那次在公园里 你问我 槲寄生是想让我亲你吧 Cate 一头雾水

还有一次我们三个租了个车 一起去 Richmond Garden（里士满花园）玩 那时候 Cate 和我说 小朋友可能要提前出来 趁机出来玩玩 三萌开车 说希望我们今天能看到一只公鹿 一路上我们真的看到很多鹿 最后要回家的时候 在快开出公园的时候 看到一只公鹿 高高大大的样子 头上有雄伟的鹿角 三萌指着给我们看 说看 公鹿 公鹿 很开心的样子

后来Cate 生了一个很可爱的宝贝 英文名字叫 Eleanor 中文名字叫喜喜 我熬了一瓶子肉酱给她送去 想看看她还有小朋友 进去她家 还是干干净净的 小朋友躺在一个小窝里 很安静的样子 她睡着睡着 忽然笑了起来 Cate 说 她现在其实没有什么视力的 可能笑也是条件反射吧

后来我们去了她家附近的日本餐厅吃饭 然后又去附近的公园坐了坐 她说能出来透透气真好 整天在家里待着 觉得都快变成喂奶机器了 她笑 一脸小朋友的样子 问我 最近好吗 新家怎么样 我说都不错 她说 你看看 留在伦敦吧 我们家这个区就不错 我笑说好啊

我觉得 有的人 把生活过得很好 迷迷糊糊的 却一帆风顺 Cate 应该就是这种人吧

之前住 Airbnb 房东是葡萄牙的艺术家 他给我用的床单是 法国的老床单 特别厚实 贴着皮肤很舒服 重量刚好 前几天我在一家旧货店看到一对 质量很好 干干净净的 很贵 我在犹豫的时候 店员过来说 这样的床单现在很少能找到了 说着她打开给我看 我看到床单上绣着 ML 是我的名字拼音缩写 当下就决定买了 老板说 这个床单差不多一百年历史了 用多热的水洗都不要紧 但是不要太高速甩干 会变形 每次洗干净之后 要熨平

还买了一个羊毛的毛毯子 灰色的 温暖又透气 在 A.P.C 买了一条蓝色拼接薄被子 有的时候晚上降温 盖在最上面

现在也不用被罩了 把床单翻过来当被罩用

新浪的朋友白 和我说 看你整天和朋友聚会 日子过得有滋有味 其实很多时候也是自己一个人 一个人的时候 就花半小时做饭 十分钟吃完 二十分钟收拾 晚上就出去转悠 有的时候转悠得远了 就又饿了 于

是又买点东西吃

最近挺好的 心里觉得踏实

［2016年 在伦敦 一个人 倒数五十五天］

在伦敦上学的日子里 看过好多女生内衣 比之前三十年加起来的都要多

如果我是一个标题党的话 一定要把这句话 做成副标题吧

几年前去丹麦旅行 换洗的内裤没有了 在一个买手店买衣服的时候 正好看到有内衣 拿起来看 这时候 俊美的丹麦小哥说 这个内裤棒极了 不知道是因为剪裁还是布料 穿起来特别舒服 我穿了这个内裤以后 把家里的内裤都换掉了 现在只穿这个牌子 我一听 这么好 于是买了三条 我之前一直穿三角形状的内裤的 最近这几年 都穿平角了 觉得更舒服 那小哥说得没错 果然内裤很舒服 回到墨尔本 上网看了下 发现是北欧的牌子 可惜他们的官网只送货到美国 和欧洲 于是那北欧内裤和 其他牌子都换着穿 每到穿那几条内裤的时候 都会觉得整个人都更笔挺一点 早上穿着内裤在家里洗漱都更有朝气 后来去美国出差的时候 在官网一口气买了十条 寄到酒店来 因为太舒服 我还慷慨地送了一起工作的朋友 说这个回去送你老公 真的特别舒服 但你别说我送的感觉很奇怪 就说你买的 她笑

确定和氧气合作以后 我也问过身边很多女性朋友的意见 颜色 款式 质地 觉得女生内衣完全是一个另外的世界 相比之下 男生的内衣真的很基本 女生的内衣光是尺寸就是一个谜 比如罩杯从 A 到 G 越来越

大 AA 比 A 小 但 DD 却比 D 大 这件事我到现在也没弄明白

和同事们讨论了一圈 又和 echo 以及氧气团队确认颜色 质地和款式 这件事就算是有个开端了 后来她们让我写一个短句作为元素放在产品上 那时候我正在为伦敦之行打包 看到叠得整齐的内衣 装在棉布口袋里 好像和我说着 带着我走 于是就想到了 take me with you（带我走）这句英文

后来我到了伦敦 有一天氧气的群里说 我们的合作品牌 MIMI Holliday 约我过去见见 大家认识一下 也在打样以前确认一下产品 于是我当天鲜花课放学以后 叫了个 Uber 就去和大家会面了 还顺便把当天做的花包起来 送给了她们 我们坐下来以后 讨论了颜色 小兔子的大小和位置 她们的创始人 Damaris 和我说 我们也准备做眼罩 想把你那句话绣在上面 她问我你写字好看吗 我说不好看 她就拿来纸笔让我写 我写了一下 她说棒极了 很像艺术家的笔触 你再多写几个 然后我一连写了十几个 她最后说还是第一个最好 最自然 后来 她们下班 工作室里一群女生带着我去酒吧喝酒 气氛融洽 酒吧里的大叔往我们这里看 估计在想 这个亚洲小子 什么来头啊 回家路上 我和她们 PR 的 Ashley 顺路 边走边聊 原来她是澳大利亚人 来自悉尼 我问她会想澳大利亚吗 她说还好 最想的是一眼望去无边无际的感觉 在伦敦 一下子都看不到很远 我觉得她说得挺对的

再后来 差不多一个月过去了 氧气团队因为工作需要 也来伦敦了 我们就这样见面了 那天正好安排在 MIMI Holliday 做直播 我特意穿得正式一点 当天我搬家 急急忙忙出门 一撮头发是翘起来的 看了直播才发现

我对氧气团队的第一印象就是很有活力 又很专业 见面之前我想象徐小妮的样子 应该是在上海经常能见到的那种 八面玲珑又很精致的女生 见了面以后发现完全不是这个样子 她讲话很慢 有点迷糊 看起来似乎脾气很好的样子 让我想到初中时候班级里的学习委员 跟她文字透露出来的感觉挺不一致的 但聊下来发现她思路很清晰 行动力也很强 团队里的每个人都各有所长 相互补充 我想这也是她们会成功的原因之一吧 视频直播以后 她们留下来和 MIMI 团队讨论工作的事情 我赶回去搬家

结果第二天 我去 oxford 买被单 正好手机没电 不知道该怎么坐车的时候 看到她们四个人往我这个方向走 上去打招呼 小皮拿出充电器帮我充电

后来 我约她们出来吃饭 去 Notting Hill（诺丁山） 我最喜欢的一个书店 吃午餐 那个书店卖的都是食谱 里面有一个小厨房 中午的时候做一个三道菜的 set menu（套餐）每天做的东西都不同 吃着很舒服 我中午十二点到的 发现里面已经坐满了人 没有位置了 当时愣住了 不知道等下带女生们去哪里吃 老板看出我为难就说你等等 于是上楼搬了一个桌子下来 椅子不够 把他的椅子搬来凑数 我们一起吃了一顿非常舒服的午餐 我每次和小妮拍照都很紧张 也不知道在紧张什么 和她们公司别人就不会有那种感觉 很自然地拍了《诺丁山》电影里相遇的照片 还有 谢谢你 但是学长已经有喜欢的人了 的照片 和小妮拍得就像游客照

她们走之前 要吃印度菜 就在我家旁边 于是我们又约了一次 那次的印度菜我点得太多了 但不是很好吃 好在姬纱的故事非常精彩 听着

心惊胆战 又引人入胜 没听够 饭后约到我家喝茶继续听

这次能和氧气合作非常开心 很期待我们的产品 她们的品牌总监Yisi是我的读者 很可惜这次在伦敦没有见到她 我们合作以后 我加了她的联系方式 她发消息过来说 认真喜欢你很多年 你是我最熟悉的陌生人 当时可能被说得脸红了吧 我发现真的 很多读者都已经工作 出人头地 出类拔萃了 特别开心

绿条映素手

几本《陪安东尼度过漫长岁月》下来 我发现我特别喜欢写这个部分 可能因为 整本书都感觉是在自言自语 只有在这里可以感觉是和此刻在读书的你对话交流

《绿——陪安东尼度过漫长岁月Ⅳ》距离上一本出版的时间真的隔了好久 其实《绿——陪安东尼度过漫长岁月Ⅳ》的大部分内容我在伦敦的时候就整理好了 一直迟迟不出 是因为总觉得哪里不对劲 可能因为《绿——陪安东尼度过漫长岁月Ⅳ》到了后面 开始信誓旦旦地准备去伦敦 当时觉得会一去不回 会找到一位真爱 从此过上幸福的日子 也不知道哪里来的动力和信心 后来整个旅行 不能说一无所获 但终归

独自一人回到墨尔本 大概觉得就这样结尾 不知道怎么和大家交代吧 所以 2016 年 10 月就交了的稿子 12 月又要了回来 和编辑美其名曰要重新删减一遍 要写个结尾 其实稿子要回来 只是觉得安全了 放到电脑桌面迟迟不动 这几个月陆陆续续 把《绿——陪安东尼度过漫长岁月Ⅳ》整理好的文字打印出来 从头到尾顺了一遍 这才在今年 4 月末交了上来 因为没有谈恋爱 或者生活过得不够好而不交稿子 这样的作者想必不多吧 笑

这几年都做了些什么呢 在墨尔本成立了自己的公司 Antone Creative 又去了几个国家 和两个人谈过恋爱 《陪安东尼度过漫长岁月》作为电影被搬上大银幕 到中国各大城市走了一圈 看到了很多读者的面孔 去伦敦住了半年 学习了插花和陶艺 后来成立了自己的内衣品牌 Hout&River 这么一想好像也就那样 没做什么 又笑

伦敦后期的日记记得零零散散的 其实认识了很棒的朋友 宇华和大白在我在伦敦的时候 给予了我很多帮助 让我觉得不那么孤单 一起看的电影 吃的晚饭 去过的公园 讲过的笑话 点点滴滴地充斥着我伦敦的生活

认识了森森 我好喜欢她 我刚来的时候她还怀着孕 走的时候小朋友已经会爬了 有的时候我坐地铁去她家看她 两个人在公园边的长凳上坐着 晒太阳聊天 我走的时候 以为要回伦敦的 把一个大行李箱留在她家 现在想想很不好意思 觉得给她添了麻烦

诗卉是我通过澳大利亚做制作人的子音认识的 我们一见如故 她是皇家莎士比亚剧团的人 负责一个大项目 年纪和我差不多 可能还没

有我大 但是很有领导风范 莫名其妙地我就一直叫她领导 因为她我看了很多戏剧 她也总承诺在 他们公司 reception 上介绍对象给我 结果 reception 没去几次 （去了我也只是喝酒 不和别人说话）反倒我们几乎每周都要见面吃吃喝喝 基本上在我找的饭店碰面 饭后走路把她送回家 路上胡说八道 那是我最喜欢的伦敦的夜晚

我和击剑后来又见过几次 他带我去了很多私人俱乐部性质的地方都很酷 那些地方经常能看到一些明星和名流 但真的见到了 觉得和普通人也差不多 有一次和我们一起吃饭的一个大叔很有意思 聊天下来才知道 他是给英国女王设计香水的 香氛大师 我们俩都有一个习惯 长途飞行会带上自己的枕头 后来击剑听了我俩的建议 结果把枕头落在飞机上 有次我和击剑去 RA 看一个 RA 优秀作品展 有一面墙上大概有各个艺术家的三十多幅画作 我让击剑猜 哪一个是我最喜欢的 他猜错了 过了几个月 我要离开伦敦的时候 我把我上陶瓷课最开始做的三个盘子送给了他 他很珍惜地收了起来 说也有礼物送给我 于是拿出来一个大包裹 我刚要打开 他说 你回家再看 在这里看我不好意思 我说好 回家打开 发现他把我喜欢的那幅画买了下来 我无言以对 和他说等我的内衣出来了 送他一年穿的内裤

去年年底的时候 在上海认识了现在交往的对象 J 约会了几次 今年 4 月决定过来上海住几个月 两个人可以有更多的时间在一起 有一次我俩饭后一起喝酒 J 和我说 觉得人生很奇妙 说喜欢上我是因为 看了我 Instagram 上在伦敦插花时期的照片 说第一次见面只是觉得我很礼貌有趣 还有我穿的蓝毛衣很好看 没有觉得很真实深刻 但看了我插花的照片 忽然觉得我心里有很多的爱 也有美 然后就在我回墨尔本前赶快又约了下 我也是第二次见面时才喜欢上 J 的 现在决定不回伦敦

了 墨尔本上海两边跑

看着微博上大家催新书的留言 还有发的和绿色有关的照片 我在想 十年多 你们已经变成什么样子了呢 如果这么多年下来 又买了《陪安东尼度过漫长岁月》这本书 想必你变化也不大吧 只是从二十岁左右的年轻气盛 成为三十左右的宠辱不惊了吧 这么多年的陪伴下来 我衷心地希望你们好

至于我 长了些肉 多了些白头发 看着照片里的自己 不再是二十出头时的容颜了 有的时候会失落 想年轻回去 更多的时候 想想发生的事情 身边的人 觉得时光没有亏待我 想好好活 也想对身边的人再好一点

希望下一本书 会来得快点 不要等了这么多年 才能见面

“绿条映素手，采桑向城隅”是李白的诗句 形容干干净净的手上握着柳条 悠然自得又素净的样子 这是我脑海里想象 你们捧着这本书阅读时的样子

See you & See you soon

安东尼

2017年5月 于上海静安

平时都是迷迷糊糊的 只有进到菜市场 才会忽然有精神起来 看到一个菜马上就会联想到 还要买什么菜搭配 晚上对应的酒是什么 要买什么样的肉 也算是训练有素吧

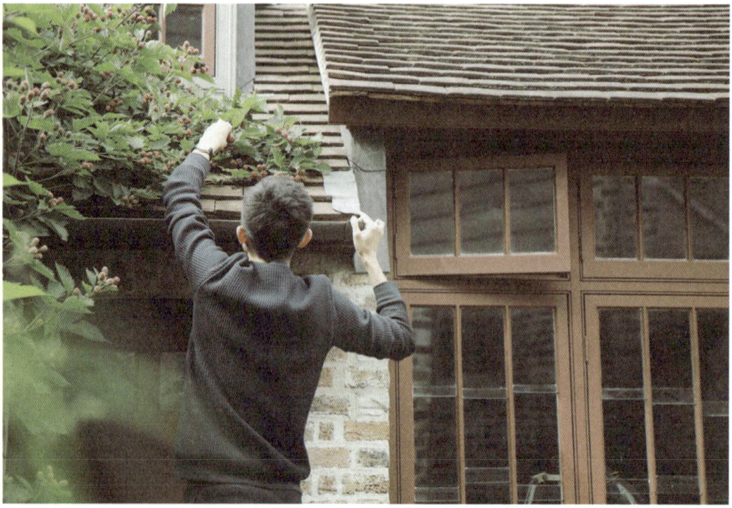

伦敦第一个住的地方 后院有个特别美丽的花园 不大但是很规矩 傍晚我和房东就经常在后院吃晚饭 都说伦敦天气不好 我觉得比墨尔本强 有的时候我会踩个凳子摘果子和草莓一起熬成果酱

过了二十八岁以后 我发现只要连续喝几天啤酒就会有肚子 所以馋啤酒了 基本都白天喝 晚上的时候会喝红酒或者威士忌 我听说金酒热量最少 但我只有在和不喜欢或者 没话聊的人一起喝酒时才会点 金汤力

这天我刚搬去伦敦最后一个房子 大白还有宇华帮我搬家 我说要找个床头 于是三个人一起去古董市场 经过一条街 两边都是高大的樱桃树 樱桃不大 我尝了下 没什么味道但看起来真的太美了 宇华帮我和大白拍了很多照片 我想起来梁咏琪《新鲜》那张专辑 估计说了你也不懂

这顶帽子是我在上海买的 是我最喜欢的一顶帽子 卖帽子的师傅是日本人 叫Futoshi 所有的帽子都是他们自己做的 我买了两顶 另外一个是酒红色的不容易配衣服 这顶我走哪里都带着 后来不知道在哪里弄丢了 我问他还有没有了 他说他已经搬回日本了 老婆生了小孩 他还记得我脑袋的大小 很厉害

我和花经常有莫名其妙的谈话 记得最清楚的对话是 现在还有纯粹的爱情吗？ 有过去 现在 将来 东南西北 上下十方 都有

我很喜欢枝叶和花 有的时候它们开在手上 有的时候开在心里

我有个秘密 就是那几年写什么书就会穿什么相对应的衣服 这几年穿了好多的绿色鞋子 裤子 毛衣 风衣 不知道下一本《青》的时候要怎么办 因为我也说不清 青到底是怎样一种颜色 可能是 Tiffany 那样的颜色 嗯 写下一本时争取结婚

有的时候我会想 是不是上辈子生命结束的时候 魂魄飞去了世界各地 这辈子去了好多国家和地方 对有些地方会觉得莫名地熟悉亲切 每次去到这样的地方 就好像身体又完整了一些 魂魄都收回来之后会怎样呢 可能可以好好被一个人爱也好好爱回去吧

我们家 一进门有个大的玻璃盘子 里面常常都放着水果 有的时候出门顺手就拿一个香蕉 苹果什么的 路上吃 在北欧买的一颗搪瓷材质的红心也放在里面 有一次水果吃光了 我买了桃子回来 发现阿姨把红心泡上了水 我发消息问她 为什么水果盘子里有水 她回复说 那是阿姨帮你摆的阵 我笑了

在 London Spy 里看到这样的场景 来伦敦以后第一件事就是走到这里 给自己拍了一张照片 从那以后 晚上没事了 偶尔也会走一个小时来这里打车回家 或者坐地铁来这里 走一走 坐一坐 当时都在想些什么呢 现在也记不清了

过去一年 微信里置顶的联系人 就是你们三个了 我们一起去了英国 也在墨尔本见了面 接下来还会去很多地方吧我想 天气冷 我把绿棉袄给小茫穿 拍照之前她说等等 接着给自己涂了个大红唇 我说颜色很好看 她就把口红给了我 我想 这半管口红 可以用五十年吧 至少

朋友圈发东西 我觉得 人的悲欢离合 爱恨情仇 这些都是 moments 这些 moments 在彼时彼刻分享了就好 不用一直放在那里带着走 或者被在乎和不在乎的人拿去翻看 所以经常发了没多久我就删除了 但这张照片在我朋友圈一直留着 其实这张照片 Harry 给我的时候剪裁过 照片右边有坐在沙发上往外看的 Jess 我们一起在天南地北的照片我都留着

你猜 我在写什么

那天天气很好 我们相约去山里走走 好像我的好朋友都在 echo 和小炫正好也从北京来 小炫那晚住在我家 我们睡楼上 晚上十二点多 我们从外面回家 我洗漱好准备上床睡觉 小炫拿出笔记本说要工作一阵子 然后发现我家没网 我和他解释说 我们家睡觉时路由器是关上的 路由器在 Jess 房间里 她已经睡了 我说这么晚了 你不要工作了 明天再弄吧 他很不情愿地关上电脑 我不清楚他那晚睡得好不好 有天南地北的朋友 尽管每次见面 还能“一见如故” 但彼此的生活方式已经有很多改变了吧 他只在我家住了一天 没有尊重他的生活习惯 每次想到这里我都很愧疚

ACCOR HOTELS

20

从《黄——陪安东尼度过漫长岁月Ⅲ》到《绿——陪安东尼度过漫长岁月Ⅳ》 前三年就这么过来了 觉得真幸运啊 可以有“陪安东尼度过漫长岁月”系列把它们记载归类 如果没有这几本书 那些时光 要放去哪里呢　可能在心里吧 就好比小托家门前 这个停车位 第二本书里就写过的 人已经不爱了 但这场景一直记在心里 偶尔想起

绿——陪安东尼度过漫长岁月Ⅳ

ZUI Book
CAST

作者　安东尼

出 品 人／郭敬明
项目总监／痕痕
监　　制／毛闽峰　赵萌　李娜
特约策划／卡卡　张明慧　李颖
特约编辑／卡卡　王苏苏

装帧设计／ZUI Factor (zui@zuifactor.com)
设 计 师／胡小西
封面插画／echo
内页设计／武粤旎
内页摄影／Harry　宇华

出品／上海最世文化发展有限公司
官方网站／www.zuibook.com
平台支持／最小说　ZUI Factor

图书在版编目（CIP）数据

绿：陪安东尼度过漫长岁月 . 4 / 安东尼著 . — 长沙：湖南文艺出版社，2019.5
ISBN 978-7-5404-8747-8

Ⅰ . ①绿… Ⅱ . ①安… Ⅲ . ①散文集—中国—当代
Ⅳ . ① I267

中国版本图书馆 CIP 数据核字（2018）第 126286 号

上架建议：畅销・散文集

LǙ：PEI ANDONGNI DUGUO MANCHANG SUIYUE. 4

绿：陪安东尼度过漫长岁月 . 4

作　　者： 安东尼
出 版 人： 曾赛丰
出 品 人： 郭敬明
项目总监： 痕　痕
责任编辑： 薛　健　刘诗哲
监　　制： 毛闽峰　赵　萌　李　娜
特约策划： 卡　卡　张明慧　李　颖
特约编辑： 卡　卡　王苏苏
营销编辑： 李荣荣　吴　思
装帧设计： ZUI Factor (zui@zuifactor.com)
设 计 师： 胡小西
封面插画： echo
内页设计： 武粤旎
内页摄影： Harry　宇华

出版发行：湖南文艺出版社（长沙市雨花区东二环一段508 号　邮编：410014）
网　　址：www.hnwy.net
印　　刷：北京鹏润伟业印刷有限公司
经　　销：新华书店
开　　本：880mm × 1270mm 1/32
字　　数：221 千字
印　　张：7
版　　次：2019 年 5 月第 1 版
印　　次：2019 年 5 月第 1 次印刷
书　　号：ISBN 978-7-5404-8747-8
定　　价：42.80 元

若有质量问题，请致电质量监督电话：010-59096394
团购电话：010-59320018

a journey through time. with anthony a journey through time. with anthony a journey through time. with anthony a journey through time. with
time. with anthony a journey through time. with anthony a journey through time. with anthony a journey through time. with anthony a journey
a journey through time. with anthony a journey through time. with anthony a journey through time. with anthony a journey through time. with
time. with anthony a journey through time. with anthony a journey through time. with anthony a journey through time. with anthony a journey
a journey through time. with anthony a journey through time. with anthony a journey through time. with anthony a journey through time. with
time. with anthony a journey through time. with anthony a journey through time. with anthony a journey through time. with anthony a journey
a journey through time. with anthony a journey through time. with anthony a journey through time. with anthony a journey through time. with
time. with anthony a journey through time. with anthony a journey through time. with anthony a journey through time. with anthony a journey
a journey through time. with anthony a journey through time. with anthony a journey through time. with anthony a journey through time. with
time. with anthony a journey through time. with anthony a journey through time. with anthony a journey through time. with anthony a journey
a journey through time. with anthony a journey through time. with anthony a journey through time. with anthony a journey through time. with
time. with anthony a journey through time. with anthony a journey through time. with anthony a journey through time. with anthony a journey
a journey through time. with anthony a journey through time. with anthony a journey through time. with anthony a journey through time. with
time. with anthony a journey through time. with anthony a journey through time. with anthony a journey through time. with anthony a journey
a journey through time. with anthony a journey through time. with anthony a journey through time. with anthony a journey through time. with
time. with anthony a journey through time. with anthony a journey through time. with anthony a journey through time. with anthony a journey
a journey through time. with anthony a journey through time. with anthony a journey through time. with anthony a journey through time. with
time. with anthony a journey through time. with anthony a journey through time. with anthony a journey through time. with anthony a journey
a journey through time. with anthony a journey through time. with anthony a journey through time. with anthony a journey through time. with
time. with anthony a journey through time. with anthony a journey through time. with anthony a journey through time. with anthony a journey
a journey through time. with anthony a journey through time. with anthony a journey through time. with anthony a journey through time. with
time. with anthony a journey through time. with anthony a journey through time. with anthony a journey through time. with anthony a journey
a journey through time. with anthony a journey through time. with anthony a journey through time. with anthony a journey through time. with
time. with anthony a journey through time. with anthony a journey through time. with anthony a journey through time. with anthony a journey
a journey through time. with anthony a journey through time. with anthony a journey through time. with anthony a journey through time. with
time. with anthony a journey through time. with anthony a journey through time. with anthony a journey through time. with anthony a journey
a journey through time. with anthony a journey through time. with anthony a journey through time. with anthony a journey through time. with
time. with anthony a journey through time. with anthony a journey through time. with anthony a journey through time. with anthony a journey
a journey through time. with anthony a journey through time. with anthony a journey through time. with anthony a journey through time. with
time. with anthony a journey through time. with anthony a journey through time. with anthony a journey through time. with anthony a journey
a journey through time. with anthony a journey through time. with anthony a journey through time. with anthony a journey through time. with
time. with anthony a journey through time. with anthony a journey through time. with anthony a journey through time. with anthony a journey
a journey through time. with anthony a journey through time. with anthony a journey through time. with anthony a journey through time. w

AN
ANTHONY
WORK
since.2007.may